Juan Pablo
Villalobos

Fiesta in der Räuberhöhle

Roman

Aus dem Spanischen von Carsten Regling

BERENBERG

Für Mateo

Eins

Manche behaupten, ich wäre frühreif. Vor allem, weil sie glauben, dass ich noch zu klein bin, um so schwierige Wörter zu kennen. Ein paar der schwierigen Wörter, die ich kenne, sind: erbärmlich, tragisch, tadellos, pathetisch und fulminant. In Wirklichkeit sind es gar nicht so viele, die behaupten, ich wäre frühreif. Das Problem ist, dass ich gar nicht viele Leute kenne. Wenn überhaupt, dann dreizehn, vierzehn, und von denen behaupten vier, ich wäre frühreif. Sie sagen, ich würde älter wirken. Oder im Gegenteil, ich wäre noch zu jung für solche Dinge. Oder im Gegenteil vom Gegenteil, manchmal glauben sie sogar, ich bin ein Zwerg. Aber ich finde nicht, dass ich frühreif bin. Ich wende bloß einen Trick an, so wie die Zauberer, die Kaninchen aus ihren Zylindern ziehen, nur dass ich mir meine Wörter aus dem Wörterbuch nehme. Ich lese jeden Abend vor dem Einschlafen im Wörterbuch. Für alles Weitere sorgt mein Gedächtnis, das ziemlich gut ist, geradezu fulminant. Auch Yolcaut glaubt nicht, dass ich frühreif bin. Er sagt, ich wäre ein Genie, er sagt:

»Tochtli, du bist ein Genie, du kleiner Mistkerl.« Und dabei streichelt er mir mit seinen Fingern voller Gold- und Diamantenringe über den Kopf.

Auf alle Fälle gibt es mehr Leute, die sagen, dass ich seltsam bin, sieben, um genau zu sein. Und das nur, weil ich Hüte mag und immer einen trage. Hüte tragen ist eine vernünftige Gewohnheit von tadellosen Menschen. Der Himmel ist voller Tauben, die ihr Geschäft machen. Und wenn du keinen Hut trägst, ist dein Kopf irgendwann schmutzig. Tauben sind ganz schön schamlos. Sie erledigen ihre Schweinereien vor aller Augen, mitten im Flug. Sie könnten sich genauso gut zwischen den Ästen der Bäume verstecken und dort ihr Geschäft machen. Dann müssten wir nicht immerzu nach oben schauen und Angst um unseren Kopf haben. Hüte, gute Hüte natürlich, eignen sich aber auch dazu, um sich von anderen abzuheben. Ein Hut ist wie eine Krone. Wenn du kein König bist, kannst du einen Hut tragen, um dich von den anderen abzuheben. Und wenn du kein König bist und keinen Hut trägst, endest du als Niemand.

Ich finde nicht, dass ich seltsam bin, nur weil ich gerne einen Hut trage. Außerdem ist das Seltsame mit dem Hässlichen verwandt, wie Cinteotl sagt. Aber eins bin ich mit Sicherheit, nämlich ein Macho. Zum Beispiel: Ich flenne nicht die ganze Zeit, nur weil ich keine Mama habe. Alle glauben, dass du ständig heulen musst, wenn du keine Mama hast, literweise Tränen, zehn oder zwölf am Tag. Aber ich heule nicht, denn wer heult, ist eine Schwuchtel. Wenn ich traurig bin, sagt Yolcaut, dass ich nicht heulen soll, er sagt:

»Reiß dich zusammen, Tochtli, wie ein richtiger Macho.«

Yolcaut ist mein Papa, aber er mag es nicht, wenn ich ihn Papa nenne. Er sagt, wir wären die tollste Machobande im Umkreis von mindestens acht Kilometern. Yolcaut ist ein Realist, deshalb sagt er nicht, wir wären die tollste Bande der Welt oder die tollste Bande im Umkreis von achttausend Kilometern. Realisten sind Menschen, die denken, dass die Wirklichkeit nicht so ist, wie du denkst. Das hat Yolcaut zu mir gesagt. Die Wirklichkeit ist so, und damit hat sich's. So einfach. *Man muss realistisch sein* ist der Lieblingssatz der Realisten.

Ich glaube, wir sind wirklich eine tolle Bande. Ich habe Beweise. Bei Banden geht es vor allem um Solidarität. Solidarität bedeutet, dass mir Yolcaut Hüte kauft, weil ich Hüte mag, viele Hüte, so viele, dass ich eine Sammlung mit Hüten aus der ganzen Welt und allen Epochen habe. Auch wenn ich im Moment viel lieber ein liberianisches Zwergnilpferd als neue Hüte hätte. Ich habe das bereits auf der Liste mit den Sachen, die ich haben will, vermerkt und sie Miztli gegeben. So machen wir das immer, weil ich nur selten auf die Straße gehe, deshalb kauft mir Miztli alles, was ich haben will, Befehl von Yolcaut. Und weil Miztli ein schlechtes Gedächtnis hat, muss ich die Listen machen. Aber ein liberianisches Zwergnilpferd bekommt man nicht so einfach in einer Zoohandlung. In Zoohandlungen bekommt man höchstens einen Hund. Aber wer will schon einen Hund? Niemand will einen Hund. An ein liberianisches Zwergnilpferd zu kommen ist so schwer, dass uns wohl nichts anderes übrig bleibt, als nach Liberia zu fliegen und es dort einzufangen. Deshalb habe ich auch solche Bauchschmerzen. Eigentlich habe ich fast immer Bauchschmerzen, aber jetzt lässt das Stechen überhaupt nicht mehr nach.

Ich glaube, im Moment ist mein Leben etwas erbärmlich. Oder pathetisch.

Mit Mazatzin verstehe ich mich fast immer gut. Nur wenn er streng wird und sich streng an den Lehrplan hält, geht er mir ein bisschen auf den Keks. Übrigens, für Mazatzin bin ich nicht Tochtli. Für Mazatzin bin ich Usagi, das ist mein Name auf Japanisch, denn er findet alles toll, was mit dem japanischen Kaiserreich zu tun hat. Was ich am japanischen Kaiserreich toll finde, sind die Samuraifilme. Ein paar davon habe ich so oft gesehen, dass ich sie mittlerweile auswendig kenne. Jedes Mal wenn ich sie mir anschaue, bin ich schneller als die Samurais und sage noch vor ihnen ihre Sprüche auf. Und irre mich nie. Was an meinem Gedächtnis liegt, das wirklich geradezu fulminant ist. Ein Film heißt *Samurai der Dämmerung* und handelt von einem alten Samurai, der einem Jungen beibringt, was es bedeutet, ein Samurai zu sein. An einer Stelle zwingt er ihn, sich tagelang nicht zu rühren und stumm zu sein. Er sagt zu ihm: »Der Hüter ist verschwiegen und versteht zu warten. Geduld ist seine stärkste Waffe, wie beim Kranich, der die Wut nicht kennt. Die Schwachen erkennen sich in der Bewegung. Die Starken in der Regungslosigkeit. Betrachte das Aufblitzen des Säbels, der nicht weiß, was zittern heißt. Betrachte den Wind. Betrachte deine Wimpern. Schließe die Augen und betrachte deine Wimpern.« Aber ich kenne nicht nur diesen Film auswendig, ich kenne noch viel mehr, vier, um genau zu sein.

Anstatt mir Unterricht zu geben, hat mir Mazatzin eines Tages seine Geschichte erzählt, eine sehr erbärmliche und pathetische Geschichte. Früher hat er mal viel Geld mit Werbespots fürs Fernsehen gemacht. Er hat Millionen von Pesos verdient, nur weil er sich Werbung für Shampoo und Limonade ausdachte. Doch Mazatzin war die ganze Zeit traurig, weil er eigentlich studiert hatte, um Schriftsteller zu werden. Hier geht es los mit dem Erbärmlichen: Dass jemand Millionen von Pesos verdient, aber traurig ist, weil er kein Schriftsteller ist. Das nennt man erbärmlich. Kurz und gut, Mazatzin war so traurig, dass er weit weg gezogen ist, in eine Hütte mitten im Nichts, auf irgendeinem Berggipfel, glaube ich. Er wollte in Ruhe nachdenken und ein Buch über das Leben schreiben. Er hat sogar einen Computer mitgenommen. Das ist zwar nicht erbärmlich, aber ganz schön pathetisch. Das Dumme war nur, dass es mit der Inspiration nicht klappen wollte und sein Geschäftspartner, der gleichzeitig sein bester Freund war, ihn in der Zwischenzeit über den Tisch zog und um seine Millionen von Pesos brachte. Von wegen bester Freund, er war ein Verräter.

Das war damals, als Mazatzin bei uns anfing, denn Mazatzin ist ein Gebildeter. Yolcaut sagt, Gebildete sind Leute, die viel von sich halten, weil sie eine Menge wissen. Sie wissen viel über Naturwissenschaften, zum Beispiel, dass Tauben eklige Krankheiten übertragen. Auch über Geschichte wissen sie viel, zum Beispiel, dass die Franzosen den Königen gern den Kopf abschneiden. Deshalb sind Gebildete auch so gerne Lehrer. Manchmal wissen sie aber auch falsche Dinge, zum Beispiel, dass du in einer Hütte mitten im Nichts und auf einem Berggipfel leben musst, wenn du ein Buch schreiben willst. Das sagt Yolcaut, dass gebildete Menschen viel über Bücher wissen, aber dass sie nichts vom Leben verstehen. Auch wir leben mitten im Nichts, aber nicht wegen der Inspiration. Sondern zum Schutz.

Weil ich nicht zur Schule gehen kann, lehrt mich Mazatzin Sachen aus den Büchern. Im Moment nehmen wir die Eroberung Mexikos durch. Das ist ein lustiges Thema, mit Kriegen und Toten und Blut. Die Geschichte geht so: Auf der einen Seite gab es die Könige des Spanischen Königreichs und auf der anderen Seite die Indios, die in Mexiko lebten. Dann wollten die Könige des Spanischen Königreichs auch die Könige von Mexiko sein. Also kamen sie her und fingen an, die Indios umzubringen, aber nur, um ihnen Angst zu machen und damit sie ihre neuen Könige gut finden. Na gut, in Wahrheit haben sie manche Indios gar nicht umgebracht, sie haben ihnen bloß die Füße verbrannt. Das alles bringt Mazatzin zur Weißglut, weil er gewebte Hemden und Ledersandalen trägt, als wäre er ein Indio. Und dann hält er mir einen seiner Vorträge. Er sagt:

»Sie haben unser Silber gestohlen, Usagi, sie haben uns ausgeplündert!«

Fast so, als wären die toten Indios seine Cousins oder Onkel. Pathetisch. Apropos, die Spanier schneiden den Königen den Kopf nicht so gern ab. Sie haben immer noch lebendige Könige mit dem Kopf auf dem Hals. Mazatzin hat mir ein Foto in einer Zeitschrift gezeigt. Auch das ist ganz schön pathetisch.

Eine Sache, die ich von Yolcaut gelernt habe, ist die, dass ein einziger Schuss manchmal nicht ausreicht, um jemanden in eine Leiche zu verwandeln. Manchmal braucht man drei Schüsse, oder sogar vierzehn. Das hängt ganz davon ab, wohin du schießt. Wenn du jemandem zwei Schüsse ins Gehirn verpasst, ist er mit Sicherheit tot. Aber du kannst ihm an die tausendmal in die Haare schießen und nichts passiert, obwohl das verdammt lustig aussehen muss. Ich weiß das alles wegen einem Spiel, das Yolcaut und ich immer spielen. Bei dem Spiel geht es um Fragen und Antworten. Der eine sagt eine bestimmte Anzahl von Schüssen in einen bestimmten Körperteil, und der andere antwortet: am Leben, Leiche oder schwer verletzt.

»Ein Schuss ins Herz.«

»Leiche.«

»Dreißig Schüsse in den Nagel des linken kleinen Zehs.«

»Am Leben.«

»Drei Schüsse in die Bauchspeicheldrüse.«

»Schwer verletzt.«

Und so weiter. Wenn uns die Körperteile ausgehen, suchen wir uns neue in einem Buch, in dem es von allem eine Zeichnung gibt, sogar von der Prostata und der Medulla oblongata. Apropos Gehirn, bevor du jemandem ins Hirn schießt, ist es wichtig, ihm den Hut abzunehmen, damit er keine Flecken kriegt. Blut ist nur schwer rauszubekommen. Das betont auch Itzpapalotl immer wieder, das Dienstmädchen, das unseren Palast putzt. Ja, unseren Palast, Yolcaut und ich haben einen Palast, und das, obwohl wir keine Könige sind. Die Sache ist die, wir haben viel Geld. Wahnsinnig viel. Wir haben Pesos, das ist die mexikanische Währung. Wir haben auch Dollars, das ist die Währung des Lands Vereinigte Staaten. Und wir haben Euros, das ist die Währung der Länder und Königreiche Europas. Ich glaube, wir haben tausend Millionen von allen drei

Sorten, obwohl uns die Hunderttausenddollarscheine am besten gefallen. Und neben dem Geld gehören uns noch Schmuck und Schätze. Und jede Menge Tresore mit Geheimkombinationen. Deshalb kenne ich auch so wenig Leute, dreizehn oder vierzehn, um genau zu sein. Denn wenn ich mehr Leute kennen würde, würden sie uns das Geld klauen oder uns betrügen, so wie Mazatzin. Yolcaut sagt, wir müssen uns schützen. Auch darum geht es bei einer Bande.

Neulich kam ein Herr in unseren Palast, den ich nicht kannte, und Yolcaut wollte wissen, ob ich ein Macho oder ob ich keiner bin. Das Gesicht des Herrn war blutverschmiert, und ich muss zugeben, bei seinem Anblick wurde mir schon ein bisschen mulmig. Aber ich habe den Mund gehalten, denn ein Macho zu sein bedeutet, keine Angst zu haben, denn wer Angst hat, ist eine Schwuchtel. Ich bin ganz ruhig geblieben, während Miztli und Chichilkuali, die Wächter in unserem Palast, ihm eine fulminante Tracht Prügel verabreicht haben. Wie sich herausstellte, war der Herr eine Schwuchtel, denn er fing an zu heulen und schrie: »Lasst mich am Leben, lasst mich am Leben!« Er hat sich sogar in die Hose gepinkelt. Das Gute war, dass wenigstens ich mich als Macho erwiesen habe und ich gehen durfte, bevor sie die Schwuchtel in eine Leiche verwandelt haben. Ich bin mir sicher, dass sie ihn kaltgemacht haben, denn später sah ich Itzpapalotl mit Eimer und Wischlappen vorbeikommen. Obwohl ich nicht weiß, wie viele Kugeln sie ihm verpasst haben. Ich vermute, Minimum vier ins Herz. Wenn ich die Toten mitzählen würde, würde ich mehr als dreizehn oder vierzehn Leute kennen. Ungefähr siebzehn, oder mehr. Gut und gerne zwanzig. Aber Tote zählen nicht, weil Tote keine Leute sind, Tote sind Leichen.

In Wahrheit gibt es viele Möglichkeiten, jemanden in eine Leiche zu verwandeln, aber am gebräuchlichsten sind Löcher. Löcher sind Öffnungen, die man in die Leute macht, damit das Blut austritt. Pistolenkugeln machen Löcher, und Messer können auch Löcher machen. Wenn das Blut austritt, kommt der Moment, wo Herz oder Leber aufhören zu funktionieren. Oder das Gehirn. Und dann stirbt man. Eine andere Möglichkeit, jemanden in eine Leiche zu verwandeln, sind Schnitte, für die man Messer nimmt, aber auch Macheten und Guillotinen. Die Schnitte können groß oder klein sein. Wenn sie groß sind, trennen sie Teile vom Körper ab und sorgen für Leichen in kleinen Stückchen. Das Normalste ist, den Kopf abzuschneiden, obwohl man natürlich alles Mögliche abschneiden kann. Schuld daran ist der Hals. Wenn wir keinen Hals hätten, wäre alles anders. Gut möglich, dass es das Normalste von der Welt wäre, die Körper in der Mitte durchzuschneiden, um zwei Leichen zu haben. Aber wir haben nun mal einen Hals, und das ist eine enorme Versuchung. Besonders für die Franzosen.

Stimmt schon, manchmal wirkt unser Palast gar nicht wie ein richtiger Palast. Das Problem ist, dass er sehr groß ist und man keine Chance hat, ihn tadellos sauber zu halten. Itzpapalotl versucht schon seit ewiger Zeit, Yolcaut zu überzeugen, eine Nichte von ihr einzustellen, damit sie ihr beim Putzen hilft. Sie sagt, man könne ihr vertrauen, aber Yolcaut will keine weiteren Leute in unserem Palast. Dann fängt Itzpapalotl immer an zu schimpfen, denn unser Palast hat zehn Zimmer: meins, das von Yolcaut, das mit den Hüten, das von Miztli und Chichilkuali, das für Yolcauts Geschäfte und noch fünf leere Zimmer, die wir nicht benutzen. Und dann sind da noch die Küche, der Salon mit den Sesseln, der Fernsehraum, der Kinosaal, mein Spielzimmer, Yolcauts Spielzimmer, Yolcauts Büro, das Esszimmer drinnen, das Esszimmer auf der Veranda, das kleine Esszimmer, fünf Badezimmer, die wir benutzen, zwei Badezimmer, die wir nicht benutzen, der Fitnessraum, die Sauna und der Swimmingpool.

Miztli sagt, Yolcaut wäre paranoid, und das sei ein Problem. Wegen dem Saubermachen, aber auch wegen Miztlis Erholung. Denn Miztli und Chichilkuali kümmern sich mit ihren Gewehren vierundzwanzig Stunden am Tag um den Schutz unseres Palasts. Vierundzwanzig Stunden heißt, dass manchmal Miztli nicht schläft und dann wieder Chichilkuali nicht. Und das, obwohl wir eine riesige Mauer zum Schutz haben. Und es auf der Mauer Glasscherben und Stacheldraht gibt und eine Alarmanlage mit Laserstrahlen, die hin und wieder Krach macht, wenn ein Vogel zu nah an ihr vorbeifliegt. Und obwohl wir mitten im Nichts leben.

Unser Palast ist von einem riesigen Garten umgeben. Er wird von Azcatl gepflegt, der stumm ist und den ganzen Tag den Lärm seiner Maschinen ertragen muss. Wenn du dem Lärm zu nah kommst, wirst du taub. Azcatl hat Maschinen, um die Wiese zu mähen, Maschinen, um den Rasen zu mähen, und Maschinen, um die Bäume und Sträucher zu schneiden. Aber sein größter Feind ist das Unkraut. Die Wahrheit ist, Azcatl wird den Kampf verlieren, denn unser Garten ist immer voller Unkraut. Übrigens, liberianische Zwergnilpferde sind lautlose Maschinen, die Unkraut fressen. Man nennt das Herbivore, Pflanzenfresser.

Im Garten, gegenüber der Veranda, befinden sich auch die Käfige mit unseren Tieren, die in zwei Sorten unterteilt sind: Vögel und Raubkatzen. An Vögeln haben wir Adler, Falken und einen Käfig voller Wellensittiche und bunter Vögel. Aras und so. An Raubkatzen haben wir in einem Käfig einen Löwen und in einem anderen zwei Tiger. Neben den Tigern ist noch Platz, wo wir den Käfig für unser liberianisches Zwergnilpferd hinstellen können. In seinem Käfig wird es ein Wasserbecken geben, nur so tief, dass es im Schlamm planschen kann. Liberianische Zwergnilpferde sind nicht wie andere Nilpferde, die sich gern im Wasser aufhalten. Um all das wird sich Itzcuauhtli kümmern, der unsere Tiere versorgt:

Er füttert sie, säubert die Käfige und gibt ihnen Medizin, wenn sie krank sind. Itzcuauhtli könnte mir viel über Tiere erzählen, wie sie wieder gesund werden und so. Aber er erzählt mir überhaupt nichts: Auch er ist nämlich stumm.

Ich kenne viele Stumme, drei, um genau zu sein. Wenn ich etwas zu ihnen sage, öffnen sie den Mund, und dann sieht es manchmal so aus, als ob sie sprechen wollen. Aber dann schweigen sie einfach weiter. Stumme sind geheimnisvoll und rätselhaft. Wer schweigt, kann eben nichts erklären. Mazatzin glaubt genau das Gegenteil: Er sagt, wer viel schweigt, lernt viel. Aber das hat er aus dem japanischen Kaiserreich, das er so toll findet. Ich glaube, das Rätselhafteste und Geheimnisvollste auf der ganzen Welt muss ein stummer Japaner sein.

Es gibt Tage, an denen alles tragisch ist. So wie heute, als ich schon wieder diese elektrischen Schmerzen im Bauch spürte. Stiche, die sich anfühlen, als ob dich jemand mit Stromschlägen töten will. Einmal habe ich eine Gabel in die Steckdose gesteckt, und da wurde meine Hand ein bisschen getötet. Genau so ist der stechende Schmerz, bloß im Bauch.

Zum Trost hat mir Yolcaut einen neuen Hut für meine Sammlung geschenkt: einen Dreispitz. Ich besitze viele Dreispitze, elf, um genau zu sein. Dreispitze sind Hüte mit dreieckiger Form. Ich habe Dreispitze aus dem Land Frankreich, dem Vereinigten Königreich und aus dem Land Österreich. Mein Favorit ist ein französischer Dreispitz von einer revolutionären Armee. So stand es zumindest im Katalog. Ich mag die Franzosen, weil sie den Königen die Krone abnehmen, bevor sie ihnen den Kopf abschneiden. Dadurch bekommt die Krone keine Dellen, und du kannst sie später in einem Museum in Paris aufbewahren oder sie an jemanden verkaufen, der viel Geld hat, so wie wir. Der neue Dreispitz ist aus dem Königreich

Schweden und hat drei kleine rote Bommeln, einen an jeder Spitze. Ich liebe Dreispitze, weil sie die Hüte von verrückten Soldaten sind. Du setzt einen auf und hast auf der Stelle Lust, ganz allein loszustürmen und das nächstbeste Reich zu erobern. Doch heute war mir nicht danach, Länder zu erobern oder Kriege zu führen. Heute war ein tragischer Tag.

An diesem Nachmittag hat mir Mazatzin keine Aufgabe gestellt, stattdessen ließ er mich über ein freies Thema forschen. Das ist etwas, was wir gelegentlich tun, vor allem wenn ich krank bin und nicht zuhören kann. Ich habe über das Land Liberia geforscht. Laut Lexikon wurde das Land Liberia im neunzehnten Jahrhundert von Leuten gegründet, die vorher als Sklaven im Land Vereinigte Staaten gearbeitet hatten. Afroamerikanische Leute. Ihre Chefs ließen sie frei, und da sind sie nach Afrika gezogen, um dort zu leben. Das Dumme war nur, dass dort schon Leute lebten, afrikanische Leute. Da bildeten die afroamerikanischen Leute die Regierung des Landes Liberia und die afrikanischen nicht. Deshalb haben sie auch ständig Krieg geführt und sich gegenseitig umgebracht. Und jetzt sterben sie fast alle vor Hunger.

Sieht ganz so aus, als wäre das Land Liberia ein tragisches Land. Auch Mexiko ist ein tragisches Land. Es ist so ein tragisches Land, dass du nicht einmal ein liberianisches Zwergnilpferd bekommst. Genau das heißt es, in der dritten Welt zu leben.

Politiker sind Leute, die komplizierte Geschäfte treiben. Und nicht etwa, weil sie frühreif sind, im Gegenteil. Yolcaut sagt, man muss nicht ständig das Wort Demokratie wiederholen, nur um ein paar Millionen Pesos zu verdienen. Heute habe ich meine vierzehnte oder fünfzehnte Person kennengelernt, einen Politiker, genannt der Regierende. Weil Cinteotl ein köstliches *pozole verde* macht, ist er zum Abendessen in unseren Palast gekommen. Cinteotl ist die

Köchin in unserem Palast und weiß, wie man alle Arten von Maiseintöpfen zubereitet, die es auf der Welt gibt, nämlich drei: den grünen, den weißen und den roten. Ich mag Pozole nicht besonders, vor allem wegen dem warmen Kopfsalat, eine absurde Sache. Kopfsalat ist etwas für Salate und für Sandwichs. Außerdem macht man Pozole mit Schweinsköpfen: Einmal habe ich in den Topf geschaut, und da trieben Zähne und Ohren in der Brühe. Erbärmlich. Was ich mag, sind Enchiladas, gefüllte Maisfladen und *tacos al pastor*. Die Tacos mag ich am liebsten ohne Ananas, denn Grillfleisch mit Ananas ist noch so eine absurde Sache. Die Enchiladas esse ich nur mit ganz wenig Chili, sonst tut mir der Bauch noch mehr weh.

Der Regierende ist ein Herr, der glaubt, er würde über die Leute eines Staates regieren. Yolcaut sagt, der Regierende regiert über niemanden, nicht einmal über seine verdammte Mutter. Jedenfalls ist der Regierende ein netter Herr, auch wenn mitten auf seinem Kopf ein weißes Haarbüschel wächst, das er sich nicht abschneidet. Ich fand es super, dass ich Yolcaut und dem Regierenden zuhören durfte. Im Gegensatz zum Regierenden. Sein Kopf wurde knallrot, als würde er jeden Moment platzen, und das nur, weil ich ein paar Maisfladen aß, während sie den grünen Pozole aßen und sich über ihre Kokaingeschäfte unterhielten. Yolcaut sagte, dass er sich beruhigen soll, ich wäre alt genug, wir wären eine Bande und in Banden gäbe es keine Geheimnisse. Da hat mich der Regierende nach meinem Alter gefragt, und als ich es sagte, meinte er, ich wäre noch zu jung für so was. Das war der Moment, als Yolcaut fuchsteufelswild wurde und ihm einen Haufen Dollars, die er aus einem Koffer nahm, ins Gesicht schleuderte. Viele Dollars, Tausende. Und dabei brüllte er:

»Halt's Maul, Regierungsarsch, was für einen Scheiß weißt du schon? Verdammter Schwachkopf, los, nimm dein Almosen und verpiss dich, du Wichser.«

Dann hat er zu mir gesagt, dass unser Geschäft dazu da ist, sich Schwachköpfe wie ihn zu halten. Der Kopf des Regierenden wurde noch röter, als würde er jetzt wirklich platzen, aber dann hat er nur gelacht. Yolcaut meinte zu ihm, wenn er so besorgt um mich ist, soll er mir doch ein Nilpferd besorgen. Das Gesicht des Regierenden verriet, dass er überhaupt nichts kapierte, also habe ich ihm erklärt, dass ich ein liberianisches Zwergnilpferd will, was ziemlich schwierig ist, ohne in das Land Liberia zu reisen. Da drohte sein Kopf nicht mehr zu platzen. Er fragte: »Und warum fliegt ihr dann nicht nach Liberia?« Doch Yolcaut hat nur geantwortet:

»Red keinen Blödsinn, Regierender.«

Daraufhin hat der Regierende gesagt: »Mal sehen, irgendwas lässt sich da bestimmt machen.« Und Yolcaut hat mir mit seinen Fingern voller Gold- und Diamantenringe über den Kopf gestreichelt:

»Siehst du, Tochtli, es gibt nichts, was Yolcaut nicht kann.«

Manchmal ist Mexiko wirklich ein großartiges Land, in dem man tolle Geschäfte treiben kann. Oder anders ausgedrückt, manchmal ist Mexiko ein tragisches Land, aber manchmal ist es auch ein großartiges Land.

Ein Lied, das ich sehr mag, heißt *Der König*. Es war sogar das erste Lied, das ich auswendig konnte. Und das, obwohl ich damals noch ganz klein war und noch kein so fulminantes Gedächtnis hatte wie heute. Wenn ich ehrlich sein soll, so richtig gut konnte ich es gar nicht auswendig, ich habe einfach nur die Stellen erfunden, die ich mir nicht merken konnte. Eigentlich ist das Lied ganz einfach zu reimen. Zum Beispiel: Singen und erfinden reimt sich. Keiner merkt, wenn du ein Wort mit dem anderen vertauschst. Beim *König* mag ich die Stelle, wo es heißt, ich habe weder Thron noch Königin noch einen, der mich umsorgt, und doch bin ich der König. Da kommt alles vor, was du brauchst, um König zu sein: einen Thron, eine Königin und jemanden, der dich umsorgt. Obwohl, wenn du das Lied singst, hast du nichts von alledem, nicht einmal Geld. Aber weil dein Wort Gesetz ist, bist du doch der König. Denn in Wirklichkeit geht es in dem Lied darum, ein Macho zu sein. Machos haben keine Angst, deshalb sind sie ja Machos. Aber manchmal haben sie auch nichts und sind doch Könige, weil sie Machos sind.

Das Beste am König-Sein ist, dass du nicht arbeiten musst. Du brauchst nur die Krone aufzusetzen und das war's, die Leute in deinem Reich geben dir Geld, Millionen. Ich habe eine Krone, auch wenn ich sie mir nicht jeden Tag aufsetzen darf. Yolcaut hat sie mich nur viermal aufsetzen lassen. Wir bewahren sie zusammen mit den anderen Schätzen in einem Tresor auf. Die Krone ist nicht aus Gold, weil sie einem afrikanischen König gehört hat, und in Afrika sind alle arm, selbst die Könige. Das Land Liberia liegt in Afrika. Das Gute ist, dass Mexiko nicht in Afrika liegt. Es wäre ganz schön tragisch, wenn Mexiko in Afrika läge. Die Krone ist aus Metall und Diamanten. Sie hat uns sehr viel Geld gekostet, denn um König in Afrika zu sein, musst du eine Menge Menschen töten. Das ist wie bei einem Wettstreit: Wer die Krone trägt, hat die meisten Leichen angehäuft. Mazatzin sagt, in Europa wäre das genauso. Auch dieses Thema macht ihn rasend und inspiriert ihn zu einem seiner Vorträge. Auf dem Berggipfel hat sich Mazatzin nicht inspirieren lassen, ein Buch zu schreiben, aber zu diesen Vorträgen, die er ständig hält, dazu hat er sich inspirieren lassen. Er sagt:

»Europa ist auf einem Leichenberg errichtet, Usagi, durch Europa strömen Flüsse aus Blut.«

Wenn wir über solche Dinge reden, merkt man, dass Mazatzin die Spanier hasst, manchmal sogar die Franzosen. Alle Europäer. Pathetisch. Ich glaube, die Franzosen sind anständige Menschen, schließlich haben sie die Guillotine erfunden. Und die Spanier sind gute Kunden von Yolcaut. Aber noch bessere Kunden sind die Gringos. Die Mexikaner sind nicht so gute Kunden, weil Yolcaut das nicht will. Eine der Leichen, die ich kennengelernt habe, war ein Wächter, der früher einmal das gemacht hat, was jetzt Chichilkuali macht, aber dann kam er auf die Idee, Geschäfte in Mexiko zu treiben. Yolcaut will die Mexikaner nicht vergiften. Mazatzin sagt, das nennt man patriotisch.

Der stummste Mensch, den ich kenne, ist Quecholli. Miztli bringt sie zwei- oder dreimal die Woche in unseren Palast. Quecholli hat sehr lange Beine, laut Cinteotl so lang: anderthalb Meter. Miztli sagt etwas anderes, etwas Rätselhaftes:

»Neunzig sechzig neunzig, neunzig sechzig neunzig.«

Das ist ein Geheimnis, das er mir nur leise zuflüstert. Alles, was mit Quecholli zu tun hat, ist ein Geheimnis. Sie schleicht durch den Palast, ohne irgendwen anzusehen, ohne einen Laut von sich zu geben, immerzu klebt sie nur an Yolcaut. Von Zeit zu Zeit verschwinden die beiden, nur um etwas später wieder aufzutauchen, alles sehr geheimnisvoll. So geht das stundenlang, den ganzen Tag, bis Quecholli wieder weg ist. An einem anderen Tag bringt Miztli sie dann wieder mit, und es geht von vorne los mit den Geheimnissen und dem Verschwinden.

Der rätselhafteste Moment ist der, wenn wir uns alle zusammen zum Essen auf die Veranda setzen: Yolcaut, Quecholli, Mazatzin und ich. Beim ersten Mal wollte Mazatzin von Quecholli wissen, ob sie aus León oder aus Guadalajara käme oder von woher sonst. Quecholli brachte kein Wort heraus. Sie schaute Mazatzin eine Sekunde lang an, und dann brüllte Yolcaut, dass sie von der verdammten Nuttenranch kommt. Die Nuttenranch liegt in der Nähe von San Juan, direkt an der Landstraße. An der Einfahrt ist ein Gittertor mit einem Schild, auf dem steht: *La Chingada.*

Weil man nie weiß, wo sie gerade hinschaut, wirkt es fast so, als ob Quecholli auch blind wäre. Aber sie ist nicht blind: Ich habe sie dabei ertappt, wie sie sich meine Hüte angesehen hat. Eine andere merkwürdige Sache ist, dass sie nichts außer Salat isst. Am liebsten mag sie Kopfsalat mit Tomaten, Brokkoli, Zwiebeln und Avocado. Sie gibt immer Salz und Zitrone mit ihren langen, dünnen Fingern dazu. Mit diesen Fingern voller Ringe. Aber Quechollis Ringe sind winzig und dünn, nicht wie die von Yolcaut, die dick sind und riesige Diamanten haben. Sie ist eben keine Millionärin wie wir.

Beim Essen reden Yolcaut und Mazatzin über die Politiker. Es ist ein lustiges Gespräch, denn Yolcaut lacht viel und sagt zu Mazatzin, dass er ein verdammter Trottel ist. Mazatzin lacht nicht ganz so viel, denn er findet, die Regierung sollte aus Politikern bestehen, die zur Linken gehören. Er sagt: »Wenn die Linke regieren würde, würde all das nicht passieren.« Yolcaut lacht noch mehr. An manchen Tagen nennt Mazatzin Namen von Politikern, und Yolcaut antwortet ihm je nach Namen:

»Hmm-hmm.«

Oder:

»Ts-ts-ts.«

Manchmal ist Mazatzin überrascht und lacht, während er sagt, ich hab's gewusst, ich hab's gewusst. Und ein anderes Mal schreit er Lüge, alles Lüge, und Yolcaut sagt, dass er ein verdammter Trottel ist.

Während Quecholli ihre Salate isst, essen wir anderen Cinteotls Köstlichkeiten. Mazatzin liebt ihre Gerichte über alles. Nach dem Essen lässt er Cinteotl herbeirufen und sagt ihr, das wäre die beste *mole* seines Lebens gewesen, wenn es *mole* gab, oder das beste Steak seines Lebens oder was auch immer. Pathetisch. Yolcaut meint, Mazatzins Hunger wäre Veranlagung. Quecholli sagt nichts, sie ist ja stumm. Mazatzin sagt, sie ist Vegetarierin. Ich sage, sie ist wie die liberianischen Zwergnilpferde, eine Herbivore. Aber liberianische Zwergnilpferde mögen keinen Blattsalat, sie mögen Luzernensalat. Wenn Quecholli nicht stumm wäre, würde ich sie nach ihrer Meinung über den warmen Kopfsalat im Maiseintopf fragen.

Das kam heute in den Fernsehnachrichten: Im Zoo von Guadalajara haben die Tiger eine Frau mit Haut und Haaren verschlungen, bis auf ihr linkes Bein. Vielleicht war das linke Bein nicht besonders schmackhaft. Oder die Tiger waren schon satt. Ich bin noch nie im Zoo von Guadalajara gewesen. Einmal habe ich Yolcaut gebeten, mit mir dort hinzufahren, aber er hat lieber noch mehr Tiere in den Palast geholt. Das war, als er mir den Löwen kaufte. Und dabei erzählte er etwas von einem Mann, der nicht auf einen Berg gehen konnte, und da kam der Berg zu ihm.

Die aufgefressene Frau war die Zoodirektorin und hatte zwei Kinder, einen Ehemann und internationales Renommee. Ein schönes Wort, Renommee. Es hieß, es könnte sich um Mord oder Selbstmord handeln, weil sie sonst nie in den Tigerkäfig gegangen ist. Unsere Tiger sind nicht für Morde oder Selbstmorde zuständig. Um die Morde kümmern sich Miztli und Chichilkuali mit Einschusslöchern. Wie wir Selbstmorde erledigen, weiß ich nicht, aber bestimmt nicht mit Tigern. Die Tiger sind nur dazu da, die Leichen zu fressen. Genau wie der Löwe. Aber in erster Linie sind sie dazu da, um angeschaut zu werden, schließlich sind es starke, wohlproportionierte Tiere, die man sich gerne anschaut. Das muss an der guten Ernährung liegen. Ich vermute, dass ich diese Dinge eigentlich gar nicht wissen sollte, weil das Geheimnisse sind, um die sich Miztli und Chichilkuali nachts kümmern. Ich glaube, wenn es darum geht, Geheimnisse zu entdecken, bin ich doch ein bisschen frühreif.

Am Ende der Reportage hat der Mann von den Nachrichten ein sehr trauriges Gesicht gemacht und der Zoodirektorin gewünscht, sie möge in Frieden ruhen. Was für ein Schwachsinn. In dem Moment war sie längst Brei in den Tigerbäuchen. Und dort wird sie auch nur so lange bleiben, wie die Tiger mit ihrer Verdauung beschäftigt sind, denn danach wird sie als Tigerkacke enden. Sie möge in Frieden ruhen, was für ein Blödsinn! Wo doch nicht einmal ihr linkes Bein in Frieden ruht.

Ich habe mir die Nachricht zusammen mit Yolcaut angeschaut, und als sie zu Ende war, hat er rätselhafte Dinge gesagt. Zuerst sagte er:

»Ahhh, man hat sie geselbstmordet.«

Und dann, als er aufgehört hatte zu lachen:

»Man kann nie schlecht genug denken.«

Manchmal sagt Yolcaut rätselhafte und geheimnisvolle Sätze. Da nützt es wenig, wenn ich frage, was er damit meint, denn er gibt nie eine Antwort. Er will, dass ich selbst auf die Lösung komme.

Vor dem Schlafengehen habe ich im Wörterbuch das Wort Renommee nachgeschlagen. Soweit ich verstanden habe, bedeutet Renommee, dass die Leute eine gute Meinung von dir haben, dass sie denken, du wärst der Allergrößte. In dem Fall hast du Renommee. Pathetisch.

Heute ist mir so langweilig, dass mich fulminanteste Verzweiflung erfasst hat. Ich langweile mich, weil ich nicht aus dem Palast kann und alle Tage gleich sind.

Um acht stehe ich auf, dusche mich und frühstücke.

Von neun bis eins habe ich Unterricht bei Mazatzin.

Von eins bis zwei spiele ich Playstation.

Von zwei bis drei essen wir zu Mittag.

Von drei bis fünf mache ich meine Aufgaben und freie Forschungen.

Von fünf bis acht mache ich alles, was mir einfällt.

Um acht essen wir zu Abend.

Von neun bis zehn gucke ich mit Yolcaut fern, und nach zehn gehe ich auf mein Zimmer, um im Wörterbuch zu lesen und zu schlafen.

Am nächsten Tag dasselbe. Am schlimmsten sind die Samstage und Sonntage, weil ich den ganzen Tag damit beschäftigt bin, zu überlegen, was mir so einfällt: unsere Tiere besuchen, Filme ansehen, über geheime Sachen mit Miztli sprechen, Playstation spielen, die Hüte putzen, fernsehen, Listen mit Dingen anfertigen, die Miztli für mich kaufen soll … Manchmal ist das lustig, aber manchmal kann es auch erbärmlich sein. Wegen Yolcauts Paranoia habe ich den Palast schon seit vielen Tagen nicht verlassen, elf, um genau zu sein.

Alles fing damit an, dass in den Nachrichten Soldaten gezeigt wurden, die auf der Suche nach Drogen waren. Chichilkuali sagte zu Yolcaut:

»Probleme, Chef.«

Yolcaut meinte nur, er soll keinen Blödsinn reden. Am nächsten Tag hieß es im Fernsehen, dass ein paar Herren, die in einem Gefängnis in Mexiko saßen, ganz überraschend in ein Gefängnis im Land Vereinigte Staaten verlegt worden waren. Yolcaut verfolgte die Nachricht sehr aufmerksam und forderte mich sogar auf, leise zu sein. Im Fernsehen wurde eine Liste mit den Namen der Herren veröffentlicht, die jetzt im Gefängnis des Landes Vereinigte Staaten leben. Als die Nachricht zu Ende war, sagte Yolcaut einen seiner rätselhaften und geheimnisvollen Sätze. Er sagte:

»Jetzt sind wir am Arsch.«

Der Satz war wirklich rätselhaft, weil sogar Chichilkuali stumm blieb und ein Gesicht machte, als ob er versuchen würde, hinter das Geheimnis zu kommen.

Von da an gab es jeden Tag Leichen im Fernsehen. Es gab: die Leiche aus dem Zoo, die Leichen von Polizisten, die Leichen von Drogenhändlern, die Leichen von Soldaten, die Leichen von Politikern und die Leichen unschuldiger Deppen. Der Regierende und der Herr Präsident traten im Fernsehen auf, um allen Mexikanern und Mexikanerinnen mitzuteilen, dass wir uns keine Sorgen machen müssten und Ruhe bewahren sollten.

Auch Yolcaut hat den Palast seitdem nicht mehr verlassen. Er verbringt die Zeit mit Telefonieren und erteilt Befehle. Dafür haben Miztli und Chichilkuali den Palast verlassen. Miztli sagt, draußen wäre das reinste Chaos ausgebrochen. Chichilkuali sagt, es gäbe verdammt viele Probleme. Yolcaut will, dass wir für einige Zeit an einen fernen Ort reisen, wo es sicherer ist. Er hat mich gefragt, wo ich gern hin will, und mir versprochen, dorthin zu fahren. Mazatzin hat mir geraten, ihn zu bitten, ins japanische Kaiserreich zu fliegen. Wenn wir dort wären, könnte ich einen stummen Japaner kennenlernen. Aber ich will lieber in das Land Liberia, um Safaris zu machen und ein liberianisches Zwergnilpferd zu fangen.

Mazatzin hat mir Stellen aus einem alten Buch über die Zukunft vorgelesen. In dem Buch hat ein Mann vor vielen Jahren geschrieben, wie er sich die Zeit vorstellt, in der wir heute leben. Das ist wirklich lustig, denn der Schriftsteller sagt viele Dinge voraus, die man heutzutage macht, so wie Haartransplantationen oder das Klonen. Aber Mazatzin findet es noch lustiger wegen der Dinge, die der Schriftsteller *nicht* vorhergesehen hat, wie das mit den Hüten zum Beispiel. In dem Buch laufen alle mit Hüten herum. Mazatzin findet es komisch, dass sich der Schriftsteller zwar schwierige Dinge vorstellen konnte, nicht aber, dass die Leute eines Tages keine Hüte mehr tragen würden. Als ob wir heute alle mit Sombreros rumlaufen würden, hat er gemeint. Armer Mazatzin. Die Gebildeten wissen wirklich eine Menge über Bücher, aber vom Leben verstehen sie rein gar nichts. Das war doch kein Fehler des Schriftstellers. Das war ein Fehler der Menschheit.

Ich habe viele Sombreros, sechs, um genau zu sein. Einer davon ist ein berühmter Hut, weil ihn ein mexikanischer Cowboy, ein Charro, in einem sehr alten Film trug. Yolcaut hat mir den Sombrero letztes Jahr zum Geburtstag geschenkt, und dann haben wir uns den Film angeschaut, um den Sombrero zu suchen. Der Film handelt von zwei Charros, die sich um eine Frau streiten. Ein ziemlich absurder Film. Statt mit Kugeln streiten sich die beiden Charros mit Liedern. Aber das sind nicht mal Macholieder wie *Der König*. Was ich einfach nicht begreife: Wenn es doch Charros und Machos sind, warum singen sie dann Liebeslieder, als ob sie Schwuchteln wären? Vielleicht will heutzutage keiner mehr einen Hut tragen, weil die Leute so absurde Dinge getan haben wie Sombreros zu tragen und gleichzeitig Schwuchteln zu sein. Da war's dann aus mit dem Renommee der Hüte. Der Film endet damit, dass beide Charros zufrieden sind, jeder mit einer anderen Frau. Sie werden sogar Freunde und sind für immer glücklich, ganz schön absurd das Ganze.

Das Blöde an dem Film ist nur, dass es der Lieblingsfilm von Yolcaut ist und er mich jedes Mal, wenn er Lust auf den Film hat, zwingt, ihn gemeinsam mit ihm anzuschauen. Wir haben ihn schon unzählige Male gesehen, gut und gerne zwanzigmal. Obwohl ich das gar nicht will, kenne ich ihn mittlerweile auswendig. Die schlimmste Stelle ist die, wo einer der Charros ans Fenster der Frau tritt und Dinge zu ihr sagt, bei denen es um Liebe geht. Er sagt: »Deine Augen gleichen dem Funkeln der Sterne, zwei Sterne, die mir in der Dunkelheit den Weg leuchten. Ich weiß, dass ich dich nicht verdiene, doch ohne dich ist mein Leben eine einzige Qual, ein ewiges Sterben.« Pathetisch. Einen anderen Sombrero, den ich besitze, hat mir Miztli letztes Jahr zum Geburtstag geschenkt. Mein Geburtstag letztes Jahr war erbärmlich. Ich bekam so viele Sombreros geschenkt, als wäre ich ein Patriot. Dieser andere Sombrero stammt aus Miztlis Dorf, das folglich ein Charrodorf sein muss. Aber das ist gelogen. In Charrodörfern müsste es mindestens tausend Charros geben. Vor langer Zeit hat mich Miztli einmal in sein Dorf mitgenommen, und wir haben kein einziges Pferd gesehen. Und es gab null Menschen mit Sombrero, null. Es gab Läden, die Sombreros und Zeug für Pferde verkauften, das schon. Ein Geschäft hieß *Der Charro*, ein anderes *Welt des Charros*, wieder ein anderes *Alles für den Charro* und noch ein anderes *Charrito's*. Aber da war nicht ein einziger Charro, bloß Leute, die fotografierten und Schlüsselanhänger und Postkarten kauften.

Der einzige Charro, den ich gesehen habe, war eine Statue am Dorfeingang. Es war ein zwielichtiger Charro, denn er sah aus, als würde er Ballett tanzen. Wie eine Schwuchtel. Er trug nicht mal einen Hut. Miztli erzählte mir, dass er geklaut wurde und dass der Charro eines Morgens ohne Hut aufgewacht war. Der Dieb muss einer von denen gewesen sein, die glauben, dass ein Charro keine Schwuchtel sein darf.

Auf jeden Fall war Miztli stolz, mir sein angebliches Charrodorf zu zeigen. Pathetisch. In Wahrheit gab es in dem Dorf vor allem Kirchen. Es gab so viele Kirchen, dass es statt eines Charrodorfs eher ein Pfarrerdorf war. Miztli fand das ziemlich lustig. Er sagte ja, das ist ein Pfarrerdorf, aber eins mit Machopfarrern. Und dann zeigte er auf einen Jungen, der die Straße entlanglief, und sagte:

»Guck mal, das ist ein Sohn vom Herrn Bischof.«

Das Blöde an den Sombreros ist, dass sie nur für Charros sind. Sie haben nämlich sehr breite Hutkrempen, vielleicht die breitesten Hutkrempen von allen Hüten auf der ganzen Welt. Ich glaube, wenn es einen Hut mit noch breiteren Krempen gäbe, wäre es kein Hut mehr. Es wäre ein Sonnenschirm.

Wenn man kein Charro ist und einen Sombrero aufsetzt, kann einem schnell schwindlig werden und man kippt um. Und mit dem

Sombrero auf dem Kopf kostet es viel Kraft, wieder auf die Beine zu kommen. Andere setzen sich einen Sombrero auf und drehen durch. Aber nicht so, dass sie Länder erobern, wie die mit den Dreispitzen. Sie ballern bloß in die Luft und grölen patriotische Sprüche.

Im Gegensatz dazu kippen die Charros weder um noch drehen sie durch. Sie bleiben im Schatten ihrer Sombreros, geheimnisvoll und rätselhaft.

Wer weiß, vor was sich die Charros verstecken.

Wer weiß, was sie im Schilde führen.

Heute habe ich eine sehr rätselhafte Leiche im Fernsehen gesehen: Man hatte ihr den Kopf abgeschnitten, und dabei war es nicht mal ein König. Ich glaube auch nicht, dass das Franzosen waren, die so gerne Köpfe abschneiden. Die Franzosen legen die Köpfe nach dem Abschneiden nämlich in einen Korb. Das habe ich in einem Film gesehen. Bei der Guillotine stellen sie einen Korb genau unter den Kopf des Königs. Dann lassen die Franzosen das Beil herabsausen, und der abgetrennte Kopf fällt in den Korb. Deshalb mag ich die Franzosen, sie sind so rücksichtsvoll und feinfühlig. Abgesehen davon, dass sie dem König die Krone abnehmen, damit sie nicht verbeult, kümmern sie sich darum, dass der Kopf nicht wegrollt. Anschließend überreichen die Franzosen den Kopf einer Dame, damit sie weint. Einer Königin oder Prinzessin oder so. Pathetisch.

Wir Mexikaner benutzen keine Körbe für die abgeschnittenen Köpfe. Wir liefern sie in Kisten für alten Brandy ab. Das scheint sehr wichtig zu sein, denn der Mann von den Nachrichten wiederholte pausenlos, dass der Kopf in einer Kiste für alten Brandy verschickt worden war. Der Kopf war von der Leiche eines Polizisten, dem Chef aller Polizisten oder so. Niemand weiß, wo die anderen Leichenteile geblieben sind.

Im Fernsehen hat man ein Foto von dem Kopf gezeigt. Die Wahrheit ist, dass er eine ziemlich schreckliche Frisur hatte. Das Haar war lang, mit blond gefärbten Strähnen, pathetisch. Auch dafür sind Hüte gut: um das Haar zu verstecken. Nicht nur, wenn es sich um eine hässliche Frisur handelt, am besten ist es, das Haar immer zu verstecken, selbst bei vermeintlich schönen Frisuren. Haare sind ein toter Teil des Körpers. Schneidet man dir zum Beispiel das Haar, tut es kein bisschen weh. Und wenn es nicht wehtut, liegt das daran, dass es tot ist. Wenn man daran zieht, tut es weh, aber was da wehtut, ist nicht das Haar, sondern die Kopfhaut. Ich habe das während meiner freien Forschungen mit Mazatzin herausgefunden. Das Haar ist wie eine Leiche, die man auf dem Kopf trägt, während man noch lebt. Außerdem ist es eine fulminante Leiche, die unaufhörlich wächst und wächst, was ziemlich erbärmlich ist. Vielleicht ist das Haar nicht mehr erbärmlich, wenn du zu einer Leiche wirst, aber vorher schon. Das ist das Beste an den liberianischen Zwergnilpferden: Sie sind kahl.

Deshalb habe ich auch keine Haare. Sobald sie anfangen zu wachsen, rasiert sie mir Yolcaut mit einer Maschine ab. Die Maschine ist genau wie Azcatls Maschinen zum Grasschneiden, nur kleiner. Und die Haare sind genau wie das Unkraut, das man bekämpfen muss. Manchmal ist Yolcaut sauer, weil ich ihn ständig darum bitte, mir die Haare zu schneiden. Kahle Menschen müssen die glücklichsten Menschen der Welt sein.

Das sind die Dinge, die man unter einem Detektivhut verstecken kann: Haare, ein Kaninchenbaby, eine klitzekleine Pistole mit winzigen Kugeln und eine Möhre für das Kaninchenbaby. Detektivhüte taugen nicht besonders als Versteck. Wenn man ein Gewehr mit riesigen Kugeln verstauen muss, passt es nicht darunter. Die besten Hüte, um etwas zu verstecken, sind Zylinder, so wie die der

Zauberer. Detektivhüte sind gut, um Rätsel zu lösen und Geheimnisse zu lüften. Ich habe viele Detektivhüte, drei, um genau zu sein. Jedes Mal, wenn ich feststelle, dass im Palast geheimnisvolle Dinge vor sich gehen, setze ich mir einen auf. Und fange ganz diskret an zu ermitteln. Das hat nichts mit den freien Forschungen zu tun, die ich mit Mazatzin unternehme, denn bei denen geht es um Bücher. In Büchern kommen keine Dinge aus der Gegenwart vor, nur welche aus der Vergangenheit und welche aus der Zukunft. Das ist ein großes Manko der Bücher. Jemand müsste ein Buch erfinden, wo steht, was in dem Moment passiert, in dem man es liest. Ich glaube, so was ist schwieriger zu schreiben als die Bücher, die die Zukunft voraussagen. Deshalb gibt es so ein Buch auch nicht. Und deshalb muss man die Wirklichkeit erforschen.

Heute haben Miztli und Chichilkuali geheimnisvolle Dinge getan, zum Beispiel einen Lieferwagen mit Kisten beladen, die sie aus einem der leeren Zimmer holten, die wir nicht benutzen. Als sie weg waren, habe ich mir einen Detektivhut aufgesetzt und eins von Yolcauts Geheimnissen gelüftet. Die leeren Zimmer, die wir nicht benutzen, sind eigentlich immer abgeschlossen, aber heute stand eine der Türen offen. Es stellte sich heraus, dass wir überhaupt nicht fünf unbenutzte, leere Zimmer haben, sondern nur vier oder vielleicht sogar kein einziges: Eins der leeren Zimmer, die wir nicht benutzen, ist in Wirklichkeit eine Kammer mit Pistolen und Gewehren.

Die Pistolen sind in Kartons und die Gewehre in einem Schrank versteckt. Ich hatte keine Zeit, sie zu zählen, weil ich nicht wollte, dass Yolcaut mich sieht, aber wir müssen über tausend Pistolen und etwa fünfhundert Gewehre besitzen. Es gibt welche in allen Größen, wir haben sogar ein Gewehr mit riesigen Kugeln. Da habe ich kapiert, dass Yolcaut und ich bei unserem Spiel mit den Schüssen einen Fehler machen: Mit einem Schuss aus diesem Gewehr ist man auf jeden Fall eine Leiche, ganz egal, wohin man den Schuss verpasst bekommt, außer ins Haar natürlich, das ja schon tot ist. Wenn wir das Spiel mit den Schüssen spielen, sollten wir nicht nur die Anzahl der Schüsse und den Körperteil nennen, sondern auch die Größe der Kugel. Ein kleines Loch, bei dem es fünf Tage dauert, bis das Blut vollständig ausgetreten ist, ist nicht dasselbe wie ein Riesenloch, wo das keine fünf Sekunden dauert. Außerdem habe ich noch eine klitzekleine Pistole gefunden, mit so winzigen Kugeln, dass du auch mit siebzig Schüssen ins Herz noch keine Leiche bist.

Hätte ich gewusst, was ich in der Kammer mit den Pistolen und den Gewehren finden würde, hätte ich mir keinen Detektivhut aufgesetzt. Ich hätte mir den allerhöchsten Zylinder meiner Hutsammlung aufgesetzt, einen, in den gut und gerne sechs oder sieben Kaninchen passen. Am liebsten hätte ich das Gewehr mit den Riesenkugeln in meinem Hut versteckt, aber das Einzige, was ich mitnehmen konnte, war die klitzekleine Pistole mit den winzigen Kugeln. Tragisch. Aber das Tragischste überhaupt war, zu entdecken, dass Yolcaut mich angelogen hatte, zum Beispiel, dass wir leere Zimmer haben, wo sie doch in Wirklichkeit voller Pistolen und Gewehre sind. Bei Banden geht es nicht ums Lügen. Bei Banden geht es um Solidarität, um Schutz und nicht darum, etwas zu verheimlichen. Das sagt zumindest Yolcaut, aber der ist ein Lügner. Ich glaube, ich bekomme nicht einmal ein liberianisches Zwergnilpferd. Und in das Land Liberia werde ich wohl auch nie reisen. Das waren wahrscheinlich auch nur welche von Yolcauts Lügen.

Wenn ich die Bauchschmerzen kaum aushalte, so wie heute, macht mir Cinteotl einen Kamillentee. Manchmal habe ich so dolle Schmerzen, dass ich weinen muss. Normalerweise fühlt es sich wie Krämpfe an, aber die schlimmsten Schmerzen sind wie ein Vakuum, das sich immer weiter ausdehnt, bis ich das Gefühl habe, mein Bauch würde platzen. Bei diesen Schmerzen muss ich jedes Mal heulen, trotzdem bin ich keine Schwuchtel. Krank sein ist etwas anderes, als eine Schwuchtel sein. Wer krank ist, darf ruhig weinen, hat Yolcaut gesagt.

Cinteotl besitzt eine Schachtel voller Kräuter, mit denen man Krankheiten heilen kann. Sie hat Kamille für den Bauch, Lindenblüten für die Nerven, Orangenblätter für die Diät, Passionsblumen für die Nerven, Orangenblüten für die Verdauung, Baldrian für die Nerven und einen Haufen anderer Kräuter, viele davon für die Nerven. Yolcaut mag keinen Tee, er sagt, das wäre ein Getränk für Weicheier.

Früher wollte Yolcaut, dass Miztli den Doktor holt, wenn ich starke Bauchschmerzen hatte. Der Doktor war schon etwas älter, und wenn Yolcaut nicht dabei war, hat er mir Tamarindenbonbons zugesteckt. Und dass, obwohl ich keine Tamarindenbonbons essen darf. Genau wie Chili. Der Doktor meinte, ich wäre nicht am Bauch krank, sondern an der Psyche.

Das Beste am Doktor war, dass er ein paar sehr unterhaltsame Geschichten über Außerirdische auf Lager hatte. Einmal sind die Außerirdischen mit einem Raumschiff nach León gekommen. Sie sind zu einem Maisfeld geflogen, um Pflanzen und Tiere zu sammeln. An der Stelle, wo das Raumschiff gelandet ist, haben sie einen verbrannten Abdruck hinterlassen, auf dem nie wieder eine Pflanze gewachsen ist, nicht einmal Gras. Und dabei sind inzwischen viele Jahre vergangen, mehr als vier, glaube ich. Ein anderes Mal sind die Außerirdischen gekommen, um ein Mädchen zu entführen. Und wieder ein anderes Mal sind sie eine Stunde lang über Aguascalientes gekreist.

Der Doktor kommt jetzt nicht mehr, weil Yolcaut sich über ihn geärgert hat. Laut Miztli hat der Doktor einmal zu Yolcaut gesagt, dass ich in Wirklichkeit gar nicht am Bauch krank wäre, ich hätte

Schmerzen, weil ich keine Mama habe, was ich bräuchte, wäre ein Psychologiedoktor. Das meint man vermutlich, wenn man sagt, dass jemand was Psychosomisches hat, was nichts anderes heißt, als dass der Geist krank ist. Aber mein Geist ist nicht krank, das Gehirn hat mir noch nie wehgetan.

Im Fernsehen gibt es einen Skandal, weil das Foto von dem abgeschnittenen Polizistenkopf gezeigt wurde. Aber nicht wegen der Frisur. Der Skandal ist der: Die einen meinen, im Fernsehen darf man keine Bilder von abgeschnittenen Köpfen zeigen. Auch keine von Leichen. Die anderen meinen, man darf das, die ganze Welt hätte das Recht, die Wahrheit zu erfahren. Yolcaut lacht sich tot und sagt, das ist der Blödsinn, mit dem sich die Leute die Zeit vertreiben. Ich sage nichts dazu. Obwohl ich nicht finde, dass das Blödsinn ist. Yolcaut meint, dass das Blödsinn ist, weil ihm Wahrheiten und Lügen egal sind. Ich war kurz davor, ihm zu sagen, dass es bei Banden auch darum geht, die Wahrheit zu sagen, aber ich habe geschwiegen. Ich bin jetzt nämlich stumm. Und ich heiße auch nicht mehr Tochtli. Ich heiße jetzt Usagi und bin ein stummer Japaner.

Jetzt bin ich gerade einmal sieben Stunden stumm, und schon bin ich ein Rätsel und Geheimnis. Alle wollen wissen, warum ich nicht mehr rede, und versuchen mich dazu zu bringen, den Mund wieder aufzumachen. Cinteotl hat mir einen Kräutertee gemacht, der scheußlich schmeckte, angeblich, um meine Kehle zu heilen. Yolcaut glaubt, dass ich stumm bin, weil er mir kein liberianisches Zwergnilpferd gekauft hat, und sagt ständig, ich soll Geduld haben. Aber deshalb bin ich gar nicht stumm geworden, sondern weil Yolcaut gelogen hat.

Im Moment kann ich niemandem erklären, warum ich stumm bin. Stumme geben keine Erklärungen ab. Wenn überhaupt, dann mit den Händen. Ich kenne die Sprache der Stummen nicht, ich bin also stumm hoch zwei. Mazatzin hat mich gebeten, mich schriftlich mit ihm zu verständigen. Daraufhin habe ich beschlossen, auch schriftlich taub und stumm zu werden. Um taub zu sein, muss man sich einfach nur an eine Stelle aus irgendeinem Lied erinnern und sie pausenlos im Kopf abspulen. Ich habe eine Stelle aus dem *König* genommen, wo es heißt: weiiiiinen und weiiiiinen, weiiiiinen und weiiiiinen, weiiiiinen und weiiiiinen, weiiiiinen und weiiiiinen. Das mit der Schrift ist einfacher, man muss bloß Analphabet sein: Statt Worte zu schreiben, zeichnet man etwas, oder besser noch, man kritzelt irgendwas hin. Ich bin jetzt also taub und stumm hoch drei.

Heute habe ich mir einen japanischen Samuraihut aufgesetzt. Darunter befindet sich meine klitzekleine Pistole mit den winzigen Kugeln. Psssst…

Wir Kaninchen kacken kleine Kügelchen.

Perfekte, runde Kügelchen, wie die Munition der Pistolen.

Aus den Pistolen feuern wir Kaninchen kleine Kackekugeln ab.

Zwei

Im Flugzeug nach Frankreich erklärte mir Franklin Gómez, wie die Franzosen sind. Die Franzosen sind wie wir und haben keine zwei Köpfe oder sonst was in der Art. Deshalb sind sie frühreif: weil sie so sind wie wir und trotzdem die Guillotine erfunden haben. Während wir zum Kopfabschneiden Macheten benutzen. Der Unterschied zwischen einer Guillotine und einer Machete besteht darin, dass die Guillotine fulminant ist. Bei der Guillotine wird der Kopf mit einem einzigen Hieb abgetrennt. Während man mit der Machete viel mehr Hiebe braucht, Minimum vier. Außerdem sorgt die Guillotine für tadellose Schnitte, man verspritzt nicht mal Blut.

Übrigens, Franklin Gómez wurde erst gestern auf dem Flughafen zu Franklin Gómez. So steht es in seinem Pass aus dem Land Honduras: Franklin Gómez. Vorher gab es Ärger, weil Franklin Gómez nicht Franklin Gómez sein wollte. Bis Winston López ihn überzeugt hat. Franklin Gómez dachte, der Name wäre verdächtig und man würde ihn nicht ausreisen lassen. Da hat ihm Winston López die Sportseiten in der Zeitung gezeigt. Am Tag zuvor hatten Mexiko und das Land Honduras gegeneinander Fußball gespielt. Um Franklin Gómez davon zu überzeugen, Franklin Gómez zu werden, las ihm Winston López die Mannschaftsaufstellung vom Land Honduras vor: Asthor Henríquez, Maynor Figueroa, Junior Izaguirre, Wilson Palacios, Eddy Vega, Wilmer Velásquez, Milton

Núñez … Franklin Gómez blieb misstrauisch und meinte, eine Gruppe von Honduranern auf dem Weg nach Monrovia wäre sehr verdächtig. Da hat ihn Winston López gefragt, wer zum Teufel sich schon für Honduras oder Liberia interessieren würde, und damit hatte sich die Sache.

Winston López hat bestimmt zehn Mal wiederholt, dass ich die Namen auswendig lernen soll und sie auf keinen Fall verwechseln darf. Wir sind jetzt: Winston López, Franklin Gómez und Junior López. Wenn ich sie durcheinanderbringe, können wir nicht nach Monrovia. Aber ich habe ein super Gedächtnis, wir werden hundertprozentig ankommen. Ich bin jetzt Junior López, auch wenn mich Franklin Gómez Jot Err nennt. Winston López hat gesagt, er soll den Blödsinn lassen, aber Franklin Gómez meint, dass wir uns ganz natürlich benehmen müssen, wenn wir nach Monrovia wollen. Um gut lügen und betrügen zu können, muss man sich ganz natürlich benehmen. Yolcaut weiß viel über das Ganznatürlichsein: Er behauptet ganz natürlich, dass die Kammer mit den Pistolen und Gewehren leer ist. Aber das ist etwas, das Tochtli und Usagi passiert ist, die jetzt stumm sind, und nicht Junior López.

Von Paris aus fehlen uns noch zwei Flugzeuge, um nach Monrovia zu kommen. Ein Flugzeug, das uns von Europa nach Afrika bringt, und eins von Afrika nach Monrovia. Winston López meint, dass es genauso schwierig ist, mit dem Flugzeug nach Monrovia zu reisen wie mit dem Boot nach Lagos de Moreno. Lagos de Moreno ist Miztlis Dorf, wo es weder Seen noch Charros gibt. Bloß viele Pfarrer und einen stinkenden kleinen Bach, auf dem nicht mal Boote fahren können. Franklin Gómez meint, dass es genauso schwer ist, nach Monrovia zu reisen wie von einem Dritte-Welt-Land in ein anderes Dritte-Welt-Land.

Franklin Gómez begleitet uns nach Monrovia, weil er Französisch und Englisch kann. Monrovia ist die Hauptstadt des Landes

Liberia, wo die liberianischen Zwergnilpferde zu Hause sind und die Monrovianer Englisch sprechen. Im Flugzeug aus Paris hat Franklin Gómez mit den französischen Dienstmädchen Französisch gesprochen. Und französischen Champagner getrunken. Winston López hat zu ihm gesagt, er soll es ausnutzen, erster Klasse zu fliegen, die nichts für arme Schlucker wie ihn ist. Die französischen Dienstmädchen im Flugzeug haben ein sehr komisches R gesprochen, als ob ihnen die Kehle wehtut oder als ob ihnen das R im Hals stecken geblieben wäre. Pathetisch. Bestimmt tut den Franzosen die Kehle weh, weil sie so vielen Königen den Kopf abgeschnitten haben.

Als wir in Paris gelandet sind, war Franklin Gómez sehr bewegt und sagte, wir wären im Land der Freiheit, der Brüderlichkeit und der Gleichheit angekommen. Um so was zu haben, muss man den Königen wohl erst den Kopf abschneiden. Winston López meinte bloß:

»Red keinen Blödsinn, Franklin.«

Das Erste, was wir in Monrovia gemacht haben, war, uns einen monrovianischen Führer zu besorgen. Unser monrovianischer Führer heißt John Kennedy Johnson und spricht Englisch mit Franklin Gómez. Ein monrovianischer Führer ist für drei Dinge gut: um sich nicht in Monrovia zu verlaufen, um nicht in Monrovia umgebracht zu werden und um die liberianischen Zwergnilpferde zu finden. Deshalb knöpft er uns auch einen Haufen Geld ab, viele Millionen Dollars, glaube ich. Denn selbst in Liberia ist es nicht einfach, ein liberianisches Zwergnilpferd zu finden. John Kennedy Johnson sagt, die liberianischen Zwergnilpferde würden kurz vor dem Aussterben stehen. Aussterben heißt, dass wirklich alle sterben, und betrifft nicht nur liberianische Zwergnilpferde. Aussterben betrifft alle Lebewesen, die sterben können, auch Honduraner wie uns.

Das Gute ist, dass kurz vor dem Aussterben stehen heißt, dass noch nicht alle gestorben sind, nur die meisten. Trotzdem gibt es kaum noch liberianische Zwergnilpferde, die lebendig sind, tausend oder höchstens zweitausend. Und dann ist da noch ein anderes Problem: Sie verstecken sich in den Wäldern. Und damit nicht genug, sie leben nicht in Herden, sondern als Einzelgänger und sind paarweise oder zu dritt unterwegs. Genau darum geht es bei John Kennedy Johnsons Arbeit: Tiere finden, die schwer zu finden sind. John Kennedy Johnsons Kunden wollen Jagd auf die Tiere machen. John Kennedy Johnson bringt sie dahin, wo die Tiere sind, und die Jäger knallen sie ab. Dann schneiden sie den Tieren die Köpfe ab und nehmen sie mit, um sie sich als Schmuck über den Kamin zu hängen. Und aus dem Fell machen sie sich Bettvorleger, um sich die Füße daran abzuwischen. Wir wollen keine Zwergnilpferde abknallen. Wir wollen nur eins oder zwei fangen und mitnehmen, damit sie in unserem Palast leben.

Damit die Safari ein Erfolg wird, hat uns John Kennedy Johnson geraten, entgegen dem normalen Tagesablauf zu leben. Er sagt, das wäre das Beste, wenn wir Energie für die Suche nach den liberianischen Zwergnilpferden haben wollen. Entgegen dem normalen Tagesablauf heißt, tagsüber zu schlafen und nachts wach zu sein. Liberianische Zwergnilpferde findet man nämlich leichter nachts, wenn sie aus ihrem Versteck kommen und auf Nahrungssuche gehen. Für uns ist es nicht schwer, entgegen dem normalen Tagesablauf zu leben, denn das bedeutet, nach dem Frühstück in Monrovia schlafen zu gehen, wenn es in Mexiko noch Nacht ist. Und am Nachmittag in Monrovia aufzustehen, wenn in Mexiko der Tag anbricht.

Kaum sind wir aufgewacht, bringen uns die Hoteldiener das Essen aufs Zimmer. Sie bringen: Hamburger, Kartoffeln, zähes Fleisch und Kopfsalat, den wir auf der Stelle in den Müll schmeißen, um nicht die Krankheiten von Monrovia zu bekommen. Kopfsalate sind gefährlich. Zumindest sagt das Franklin Gómez, er sagt, Kopfsalate übertragen Krankheiten. Ich glaube, Kopfsalate sind wie Tauben, enge Freunde der Ansteckung. Du isst ein verseuchtes Salatblatt, und schon bekommst du eine fulminante Krankheit. Da fällt mir ein, vielleicht ist Quecholli ja wegen einer Kopfsalatkrankheit stumm geworden, wo sie doch so gern Salat isst.

Franklin Gómez sagt, dass John Kennedy Johnson den Namen eines Präsidenten des Landes Vereinigte Staaten trägt, der mit mehreren Schüssen in den Kopf getötet worden ist. Der Präsident John Kennedy hat eine Fahrt in einem Auto ohne Dach gemacht, und da hat man ihm ein paarmal in den Kopf geschossen. Das heißt, Guillotinen sind für die Könige da und Schüsse für die Präsidenten.

Das Blöde am Junior-López-Sein ist, dass ich meine Hüte nicht tragen kann. Winston López meint, es geht darum, nicht aufzufallen, solange wir in Monrovia sind. Meine Hüte sind in unserem Palast geblieben, gut verstaut im Hutzimmer. In Monrovia ist es heiß, aber mein Kopf war immer kalt, sehr kalt. Da hat mir Winston López zwei afrikanische Safarihüte im Souvenirshop des Mamba Point Hotel gekauft. Das sind Hüte, die aussehen wie fliegende Untertassen von Außerirdischen. Einer ist khakifarben, der andere olivgrün, was beides Tarnfarben sind, die gut sind, um sich zu verstecken.

Afrikanische Safarihüte sind die Hüte der Jäger und helfen einem bei der Suche nach liberianischen Zwergnilpferden. Im Grunde eignen sie sich für die Suche nach jedem x-beliebigen Tier, einem Löwen oder sogar einem Nashorn. Sie sind so ähnlich wie die Detektivhüte, die einem beim Ermitteln helfen, nur dass sie auf Tiere spezialisiert sind.

Um zehn Uhr abends in Monrovia holt uns John Kennedy Johnson mit seinem Jeep im Mamba Point Hotel ab, um eine Safari mit uns zu machen. Eine Safari geht so: Du steigst in einen Jeep und fährst durch die Wälder, den Dschungel und die Sümpfe, um Tiere zu suchen. Es gibt Safaris, bei denen die Tiere getötet, und Safaris, bei denen sie gefangen werden. Und es gibt Safaris, die nur dazu da sind, die Tiere anzuschauen. Das macht man, damit sie nicht aussterben. Winston López meint, das wäre Schwuchtelkram. Abgesehen vom Jeep braucht man noch einen Pick-up mit Käfigen zum Verstauen der Tiere. Den Pick-up fährt der Partner von John Kennedy Johnson, der Martin Luther King Taylor heißt.

Als wir über die Pisten zwischen Monrovia und den Wäldern von Liberia fahren, hüpft der Jeep von John Kennedy Johnson auf und ab. Er hüpft, wenn wir ein Loch erwischen, und er hüpft noch einmal, wenn wir aus ihm rausfahren. Später wird es noch schlimmer, denn in den Wäldern von Liberia gibt es nicht mal Wege. Wir fahren zwischen den Bäumen durch, und der Jeep hüpft so stark, dass man die Sprünge kaum noch spürt. Als würde man fliegen. John Kennedy Johnson hat einen ganz besonderen Scheinwerfer, um die Wälder von Liberia zu beleuchten. Mit diesem Scheinwerfer gehen wir die liberianischen Zwergnilpferde suchen, aber wir können keins entdecken. Mittlerweile haben wir folgende Tiere gesehen: am ersten Tag Antilopen, Affen und Schweine. Am zweiten Tag Antilopen, Vipern und sogar einen Leopard. Und am dritten Tag Antilopen und Affen. Aber null liberianische Zwergnilpferde, null.

Ich habe das Gefühl, dass die afrikanischen Safarihüte, die ich trage, zu nichts taugen, weil sie nicht echt sind. Das kommt daher, dass wir sie in einem Souvenirshop statt in einem Hutladen gekauft haben. Alles nur wegen Yolcauts Paranoia. Hätte er mir erlaubt, meine Detektivhüte mitzubringen, hätten wir die liberianischen Zwergnilpferde garantiert schon gefunden.

Das Schlimmste ist, dass wir uns wie verrückt langweilen, sobald wir keine Safari machen. Weil es in Monrovia nicht viel zu sehen gibt, verbringen wir die ganze Zeit im Mamba Point Hotel.

Wir langweilen uns so sehr, dass Franklin Gómez mir sämtliche Kartenspiele beibringt, die es gibt. Wären wir doch besser ins japanische Kaiserreich gereist. Dort hätten wir stumme Japaner gesucht, tagsüber und in den Städten. Stattdessen sind wir nach Liberia geflogen, um liberianische Zwergnilpferde zu suchen, die offensichtlich ausgestorben sind. Winston López meint, um Karten zu spielen, hätten wir lieber nach Las Vegas fahren sollen. Zum Teufel mit dem Land Liberia.

Franklin Gómez sagt, Martin Luther King Taylor trägt den Namen eines Mannes aus dem Land Vereinigte Staaten, der ebenfalls erschossen worden ist. Anscheinend tragen die Liberianer gerne Namen von ermordeten Leichen.

Der Rum aus dem Land Liberia kommt in dunklen Flaschen, als wäre es Gift, aber er ist ziemlich gut, denn er vertreibt die Langeweile. Sobald du ein Glas davon trinkst, überkommt dich die Lust zu lachen, und wenn du noch mehr trinkst, fängst du an, Witze zu reißen. Im Mamba Point Hotel ist es möglich, rund um die Uhr per Telefon Flaschen mit Rum aus dem Land Liberia zu bestellen. Selbst um vier Uhr morgens. Als wir heute von unserer Suche nach den liberianischen Zwergnilpferden zurückkehrten, haben wir sofort zwei Flaschen bestellt.

Wir haben immer noch kein einziges liberianisches Zwergnilpferd gesehen, heute sind uns bloß mehrere Rudel wilder Hunde über den Weg gelaufen. Winston López sagt, um Straßenköter zu sehen, hätten wir auch in Mexiko bleiben können. Vor Wut fing er an, auf sie zu schießen. Die Hunde versuchten sich aus dem Staub zu machen, aber Yolcaut ist ein verdammt guter Schütze. Wenn Mazatzin ihn nicht dazu gebracht hätte, mit dem Ballern aufzuhören und sich in Erinnerung zu rufen, dass wir nicht auffallen wollen, hätte er sie alle kaltgemacht.

Die Wahrheit ist, wir sind es leid, die liberianischen Zwergnilpferde zu suchen, ohne sie zu finden. Deshalb haben wir auch die Flaschen mit dem Rum aus dem Land Liberia bestellt. In Wirklichkeit haben Winston López und Franklin Gómez sie bestellt, aber sie haben mir erlaubt, bei ihrer Fiesta mitzumachen. Der Rum aus dem Land Liberia wird mit Coca-Cola und mit Eis getrunken. Das nennt man einen Cuba Libre. Du gibst Eis in ein Glas und füllst die Hälfte mit Rum aus dem Land Liberia und die andere Hälfte mit Coca-Cola auf. Franklin Gómez trinkt ihn lieber lauwarm, ohne Eis. Er sagt, im Eis aus dem Mamba Point Hotel können die fulminanten Krankheiten von Monrovia stecken. Winston López wird lieber krank, als dass er warme Cuba Libres trinkt, die ohne Eis wie Scheiße schmecken.

Winston López' Witze handeln von Galiciern, die ganz schön bescheuert sein müssen: Man braucht drei Galicier, um eine Glühbirne auszutauschen. Die Galicier verwechseln fast alles und kommen auf die seltsamsten Ideen. Dann gibt es noch Witze über Länder, die immer gleich anfangen: Treffen sich ein Mexikaner, ein Gringo und ein Russe ... Der Russe kann auch jemand anders sein, ein Spanier zum Beispiel, oder ein Franzose, oder ein Deutscher. Kam in dem Witz ein Russe vor, meinte Franklin Gómez, der Witz hätte schon einen Bart, weil die Russen schon ewig nicht mehr zu den Kommunisten gehören. Daraufhin hat Winston López nur gesagt:

»Red keinen Blödsinn, Franklin.«

Das Gute ist, dass ihm der Blödsinn später verging. Das meint zumindest Winston López, dass Franklin Gómez nicht mehr ganz so viel Blödsinn redet, wenn er erst einmal betrunken ist.

Der Witz, den ich am besten fand, handelt von mexikanischen Polizisten, die ein Nilpferd dazu bringen, zuzugeben, dass es ein Kaninchen ist. Das war kein liberianisches Zwergnilpferd, bloß ein ganz normales. Es ging um einen Wettstreit zwischen Polizisten des FBI aus dem Land Vereinigte Staaten, des KGB aus dem Land Russland und Geheimpolizisten aus Mexiko, wer zuerst in einem Wald ein rosa Kaninchen entdeckt. Am Ende kommen die mexikanischen Polizeibeamten mit einem rosa angemalten Nilpferd, das sagt:

»Ich bin ein Kaninchen, ich bin ein Kaninchen.«

Das ist lustig, aber ein bisschen entspricht es auch der Wahrheit. Deshalb fand ich den Witz auch so gut: weil er gleichzeitig kein Witz war. Jeder weiß, dass es in Wahrheit keine rosa Kaninchen gibt.

Das Gute am Kurz-vor-dem-Aussterben-Stehen ist, dass es noch kein Aussterben ist. Heute haben wir endlich die liberianischen Zwergnilpferde gefunden. Und das, obwohl ich überhaupt keinen Hut aufhatte. Ich war mit nacktem Kopf unterwegs und ertrug die Kälte wie ein Macho. Die liberianischen Zwergnilpferde waren zu zweit und hatten genau solche Ohren, wie ich sie mir vorgestellt hatte: winzig wie die Kugeln einer klitzekleinen Pistole. Als wir sie sahen, steckten sie bis zu den Ohren im Schlamm und fraßen Unkraut. Es waren wirklich spannende Tiere, als wären sie die Kinder von einem Schwein und einem Walross. Oder von einem Schwein und einer Seekuh. John Kennedy Johnson schoss mit einem speziellen Gewehr mit Kugeln zum Schlafen auf sie. Die Kugeln dieses Gewehrs sind Spritzen mit einem giftigen Stoff, von dem die Tiere einschlafen, um sich einfangen zu lassen. Bei einem der liberianischen Zwergnilpferde blieb die Spritze im Rücken stecken. Beim anderen im Hals. Ein paar Sekunden später haben sich die liberianischen Zwergnilpferde auf die Seite gelegt und sind eingeschlafen. John Kennedy Johnson, Martin Luther King Taylor, Franklin Gómez und Winston López haben sie auf den Pick-up gehievt und in die Käfige gesperrt. Obwohl es Zwerge sind, wiegen sie viele Kilo, gut und gerne tausend, was einer Tonne entspricht.

Dann ging es hüpfend zum Mamba Point Hotel zurück. Wir brachten unsere liberianischen Zwergnilpferde zum Hafen von Monrovia, um sie in einem Piratenschiff zu verstauen, das nach Mexiko fährt. Doch es wird ziemlich lange dauern, bis sie dort ankommen, vier Monate oder länger. Man kann nämlich nicht direkt vom Hafen von Monrovia zum Hafen von Veracruz fahren. Man muss in vielen Städten Halt machen, bevor man Mexiko erreicht.

Auch wir werden aufbrechen. Winston López hat Franklin Gómez befohlen, herauszufinden, was in den letzten Tagen in Mexiko passiert ist und ob es Neuigkeiten über einen Mann namens El Amarillo gibt. Franklin Gómez ist zum Computer des Mamba Point Hotel gegangen, und als er zurückkam, sagte er bloß:

»Hmm-hmm.« Und Winston López hat seltsam gelacht.

Ich glaube, das heißt, wir können aufbrechen.

Das Wichtigste ist, dass unsere liberianischen Zwergnilpferde gesund in Mexiko ankommen. Deshalb muss alles mit größter Sorgfalt geplant werden, und die Anweisungen müssen sehr genau sein. Die Luzerneballen, die unsere liberianischen Zwergnilpferde auf der Reise zu essen bekommen, müssen aus der allertadellosesten Luzerne sein, ohne Ansteckungen. Ich schätze, jedes von ihnen frisst einen Ballen am Tag, oder mehr. Wir haben auch befohlen, sie mit Äpfeln und Trauben zu füttern, die sie über alles lieben. Ich habe eine Liste zusammengestellt: zwanzig Äpfel und dreißig Weintrauben täglich. Pro Kopf. Die Luzerne, die Äpfel und die Trauben müssen zu riesigen Salaten gemischt werden.

Franklin Gómez hat die Liste mit den Anweisungen ins Englische übersetzt, dann haben wir sie John Kennedy Johnson gegeben, damit er sie den Piraten bringt. John Kennedy Johnson sagt, wir hätten großes Glück gehabt, weil wir ein Männchen und ein Weibchen erwischt haben. Die Liste dient auch dazu, dass unsere liberianischen Zwergnilpferde dreimal wöchentlich gebadet und ihre winzigen Ohren geputzt werden. Apropos Essen, Azcatl wird sich bestimmt über die liberianischen Zwergnilpferde freuen, sie werden ihm helfen, unseren Palastgarten vom Unkraut zu befreien.

Franklin Gómez wollte wissen, ob ich mir schon Namen für unsere liberianischen Zwergnilpferde überlegt hätte. Das war ein Geheimnis, von dem ich niemandem erzählt habe, nicht einmal Miztli, der gut für Geheimnisse ist. Ich dachte, wenn ich es erzähle, bringt das Unglück und ich würde nie ein liberianisches Zwergnilpferd bekommen. Das Blöde ist, ich habe mir nur einen Namen überlegt. Weil ich nie damit gerechnet hätte, dass mir irgendwann einmal zwei liberianische Zwergnilpferde gehören würden, habe ich mir natürlich keine zwei überlegt. Jetzt kam es nicht nur darauf an, einen zweiten Namen zu finden. Die beiden Namen mussten auch noch gut zusammenpassen. Also habe ich mir stundenlang den Kopf zerbrochen, mir immer wieder neue Kombinationen ausgedacht und sie auf einer Liste vermerkt.

Zum Schluss habe ich mich für die Namen entschieden, die mir auch dann noch gefielen, nachdem ich sie hundertmal wiederholt hatte. Das ist eine Methode, die nie versagt. Du wiederholst etwas hundertmal, und wenn es dir dann immer noch gefällt, dann liegt das daran, dass es gut ist. Das gilt nicht bloß für Namen, das gilt für alles, für Speisen oder Menschen. Franklin Gómez fielen ganz schön seltsame Namen für die liberianischen Zwergnilpferde ein. Das Seltsame ist mit dem Hässlichen verwandt, sagt Cinteotl. Aber meine Namen sind weder hässlich noch seltsam, es sind Namen, die du hundertmal oder noch öfter wiederholen kannst, ohne dich je zu langweilen. Winston López hat recht. Gebildete Menschen wissen eine Menge über Bücher, aber vom Leben verstehen sie rein gar nichts. In Büchern steht nichts darüber, wie man einen Namen für ein liberianisches Zwergnilpferd findet. In den meisten Büchern geht es bloß um Dinge, die niemanden interessieren und die zu nichts gut sind.

Heute sind wir ein bisschen durch Monrovia gefahren. Alles nur, weil Winston López gut gelaunt war und einen Pick-up gemietet hat. Es war das erste Mal, dass ich die Stadt bei Tag sah, und ich habe festgestellt, dass das Land Liberia in Wirklichkeit gar kein tragisches Land ist. Es ist ein erbärmliches Land. Überall stank es nach frittiertem Fisch und verbranntem Öl. Außerdem gab es eine Unmenge von Menschen auf der Straße, Tausende oder mehr. Menschen, die nichts zu tun hatten, die einfach nur rumsaßen oder sich unterhielten und lachten. Die Häuser waren alle ganz schön hässlich. Monrovia ist nicht so eine tadellose Stadt wie Orlando, wo wir einmal Urlaub gemacht haben. Franklin Gómez sagt, Monrovia sieht aus wie Poza Rica, obwohl ich nicht weiß, ob das stimmt, weil ich noch nie in Poza Rica war. Ich würde eher sagen, Monrovia sieht aus wie La Chona.

Weil es nichts Spannendes zu sehen gab, haben wir uns während der Fahrt die Zeit damit vertrieben, nach Einschusslöchern in den Wänden Ausschau zu halten. Im Land Liberia gab es vor kurzem einen Krieg. Es klingt unglaublich, aber das war verdammt lustig: Wir haben uns ein Spiel ausgedacht, bei dem es darum ging, wer die Wand mit den meisten Einschusslöchern entdeckt. Franklin Gómez hat die Wand eines Geschäfts mit sechzehn Einschüssen entdeckt. Ich habe die eines Hauses mit viel mehr Einschüssen entdeckt, dreiundzwanzig. Aber gewonnen hat Winston López, und das obwohl er den Pick-up gefahren ist. Winston López' Wand war die einer Schule und hatte achtundneunzig Einschüsse. Wir konnten sie einen nach dem anderen zählen, weil wir ausgestiegen sind. Franklin Gómez fing an, Fotos zu knipsen, während er einen Vortrag über die Ungerechtigkeit hielt. Er sprach von Armen und Reichen, von Afrika und Europa, von Kriegen, Hunger und Krankheiten. Und von der Schuld der Franzosen, die den Königen gern den Kopf abschneiden, den Spaniern, die den Königen nicht so gern den Kopf abschneiden, den Portugiesen, die gerne afrikanische Menschen verkaufen, und den Engländern und Gringos, die lieber Bomben nehmen, um Leichen herzustellen. Franklin Gómez wollte gar nicht mehr aufhören mit seinem Vortrag. Bis Winston López ihm den Fotoapparat aus der Hand riss und sagte:

»Hör auf mit dem Blödsinn, Franklin, so was gehört sich nicht.«

Anschließend gingen wir liberianische Andenken kaufen. Ich habe mir fünf echte afrikanische Safarihüte in einem Spezialgeschäft für Safaris gekauft. Alle haben dieselbe Form, aber unterschiedliche Farben. Einer ist grau, einer olivgrün, einer kaffeebraun, einer weiß und einer khakifarben. Winston López hat sich in einem Geschäft für Kunsthandwerk mehrere afrikanische Figuren und zwei Masken zum Aufhängen in unserem Palast gekauft. Und dazu ein paar Schmuckstücke, die für Quecholli sein müssen. Wir haben alles mit unseren Dollars bezahlt, und wir hätten noch viel mehr kaufen können, schließlich besitzen wir Millionen von Dollars. Aber weil es nicht in unsere Koffer passen würde, haben wir nicht mehr gekauft. Im Gegensatz zu uns hat sich Franklin Gómez Erinnerungen gekauft, die man nicht in einem Koffer verstauen muss: zwei Jahre Schule für vier liberianische Mädchen, zehn Impfungen für liberianische Babys und zwanzig Bücher für die städtische Bibliothek von Monrovia. Dafür mussten wir extra zu einem Büro fahren. Während Franklin Gómez einen Haufen Papiere ausfüllte, die man ihm in die Hand gedrückt hatte, sagte Winston López etwas sehr Rätselhaftes zu mir. Er sagte:

»Schau ihn dir an, ein wahrer Heiliger.«

Auf dem Rückweg ins Hotel machte Franklin Gómez ein Gesicht, dass man nicht wusste, ob er lächelte oder gleich in Tränen ausbrechen würde. Wenigstens war er jetzt still und starrte bloß auf die Quittungen, die er in dem Büro bekommen hatte, wo er sich seine Erinnerungen gekauft hat. Winston López sagte bloß:

»Franklin, du bist wirklich der größte Spinner, den ich kenne.«

Das ist der tragischste Tag meines Lebens. Und dabei hätte eigentlich gar nichts passieren dürfen, denn das Einzige, was wir geplant hatten, war auf den nächsten Tag zu warten, um zum Flughafen zu fahren und nach Mexiko zurückzufliegen. Doch am Nachmittag kam John Kennedy Johnson vorbei und fing an, geheime Sachen mit Franklin Gómez zu besprechen. Danach fuhren wir alle zusammen zum Hafen von Monrovia, um unseren liberianischen Zwergnilpferden einen Besuch abzustatten.

Im Hafen der Stadt Monrovia liefen wir zwischen Kränen und riesigen Kisten entlang, bis wir zu einem verlassenen Schuppen gelangten. Martin Luther King Taylor stand mit einem Gewehr in der Hand in der Tür. Bevor wir eintraten, erklärte mir Winston López, dass es ein Problem gäbe, unsere liberianischen Zwergnilpferde wären krank. Er wollte allein hineingehen, aber das habe ich nicht zugelassen, ich habe gesagt, dass es bei einer Bande darum geht, nichts zu verbergen und immer die Wahrheit zu sehen. Aber Winston López befahl Franklin Gómez, draußen mit mir zu warten und mich auf keinen Fall in den Schuppen zu lassen. Da habe ich ihm drei Tritte verpasst und gesagt, dass er ein ganz gemeiner Lügner ist und dass ich von der Kammer mit den Pistolen und Gewehren wüsste. Und Winston López hat mir mit seinen Fingern ohne Ringe über den Kopf gestreichelt und gesagt, in Ordnung, und wir sind alle zusammen reingegangen.

Im Schuppen stank es fürchterlich. Franklin Gómez meinte, das käme von der Scheiße der liberianischen Zwergnilpferde. Weil es keine Fenster gab und das Licht nur durch einen kleinen Spalt zwischen den Wänden und dem Aluminiumdach hereinfiel, war es ziemlich dunkel. Besser so. Die Wände waren ekelhaft, die Farbe blätterte ab, und auf dem Boden trat man ständig auf irgendwelches Zeug, das komische Geräusche von sich gab. Die beiden Käfige mit unseren liberianischen Zwergnilpferden standen ganz hinten. Ich fragte, welches das Männchen und welches das Weibchen ist, und John Kennedy Johnson erklärte, das Männchen wäre das rechte, das größer war als das linke. Aber das spielte keine Rolle mehr, denn es waren längst keine schön anzuschauenden Tiere mehr. Sie lagen mit geschlossenen Augen da und bewegten sich nicht einen Millimeter. Sie waren völlig eingesaut, um sie herum war alles voller Scheiße und Blut. John Kennedy Johnson riet uns, nicht zu nah heranzugehen, um sie nicht nervös zu machen.

Als wir so dastanden und unsere liberianischen Zwergnilpferde betrachteten, wurde mir klar, dass Itzcuauhtli besser mit nach Monrovia gekommen wäre. Wenn Itzcuauhtli mitgekommen wäre, hätte sie ihnen Medizin gegeben, damit sie wieder gesund werden. In diesem Moment begann Ludwig XVI. zu zucken und fürchterlich zu brüllen. Wirklich fürchterlich, denn man hörte das Brüllen und wäre am liebsten tot gewesen, um es nicht länger mit anhören zu müssen. Ludwig XVI. brüllte so laut, dass nichts außer ihm zu hören war, nicht einmal der Krach vom Hafen oder die Stimmen von denen, die im Schuppen waren. Als es endlich wieder still war, sagte Franklin Gómez, John Kennedy Johnson würde meinen, es wäre das Beste, unsere liberianischen Zwergnilpferde zu töten, um ihnen weiteres Leid zu ersparen.

Winston López nahm mich beiseite und wiederholte noch einmal, was John Kennedy Johnson gesagt hatte. Er versprach mir, dass wir neue liberianische Zwergnilpferde bekommen würden. Er vergaß sogar, dass ich Junior López und er Winston López war, als er sagte:

»Tochtli, vergiss nie, es gibt nichts, was Yolcaut nicht kann.«

Dann bat er mich, zusammen mit Franklin Gómez den Schuppen zu verlassen. Ich wollte nicht, weil ich ein Macho bin und Machos keine Angst haben. Außerdem geht es bei Banden darum, nichts zu verbergen und immer die Wahrheit zu sehen. Da gab Winston López John Kennedy Johnson den Befehl, die liberianischen Zwergnilpferde zu töten. Franklin Gómez wollte protestieren, weil ich das nicht mit ansehen sollte, er sagte zu Winston López, er solle nicht so grausam sein, ich wäre noch zu klein, um so etwas mit anzusehen. Winston López befahl ihm einfach nur, die Schnauze zu halten.

Martin Luther King Taylor näherte sich mit seinem Gewehr den Käfigen. Zuerst ging er zum rechten Käfig und hielt die Waffe an das Herz von Ludwig XVI. Gleichzeitig mit dem fürchterlichen Brüllen des liberianischen Zwergnilpferds hallte der Schuss von den Schuppenwänden wider. Aber wer da brüllte, war Marie Antoinette von Österreich, die der Lärm aufgeschreckt hatte. Ludwig XVI. war bereits tot. Mir begannen die Beine zu schlottern. Wir warteten, bis Marie Antoinette aufgehört hatte zu brüllen, dann machte Martin Luther King Taylor dasselbe mit ihr. Nur dass sie nicht nach einer Kugel starb. Sie bewegte sich, und die Kugeln verfehlten ihr Herz. Erst nach der vierten Kugel gab sie keinen Mucks mehr von sich. Da zeigte sich, dass ich doch kein Macho bin, und ich fing an zu heulen wie eine Schwuchtel. Und in die Hose habe ich mir auch gemacht. Ich schrie so fürchterlich wie ein liberianisches Zwergnilpferd und wünschte, dass alle, die mich hörten, am liebsten tot wären, um mich nicht länger hören zu müssen. Ich wünschte, man würde mir achtmal in die Prostata schießen und mich in eine Leiche verwandeln. Und ich wollte, dass die ganze Welt ausstirbt. Franklin Gómez nahm mich in den Arm, aber Winston López schrie ihn an, er solle mich in Ruhe lassen.

Als ich mich wieder beruhigt hatte, habe ich etwas sehr Seltsames in der Brust gespürt. Es war heiß und tat nicht weh, aber es brachte mich auf den Gedanken, dass ich der pathetischste Mensch im ganzen Universum bin.

Drei

Wir Japaner benutzen zum Kopfabschneiden Säbel, die so etwas wie spezielle Schwerter sind, mit fulminanten Klingen, wie eine Guillotine. Der Vorteil von Säbeln ist, dass du mit ihnen auch Arme, Beine, Nasen, Ohren, Hände oder was auch immer abschneiden kannst. Außerdem kannst du Menschen in der Mitte durchschneiden, während sich die Guillotine bloß für Köpfe eignet. In Wahrheit benutzen nicht alle Japaner Säbel. Das wäre so, als würde man behaupten, alle Mexikaner tragen Sombreros. Nur japanische Samurais tragen Säbel.

In den Filmen kämpfen wir Samurais für Ehre und Treue. Lieber sterben wir, als Schwuchteln zu sein. So wie in *Der flüchtige Samurai*. Es geht um einen Samurai, der flieht, um die Ehre eines anderen Samurais zu retten. Aber er flieht nur kurz, denn in Wirklichkeit will er sich rächen. Samurais sind wie die Banden, bei denen sich alles um Solidarität und gegenseitigen Schutz dreht. Eines Tages ist der flüchtige Samurai nicht mehr länger flüchtig, weil er zum Haus des anderen Samurais zurückkehrt, auf Skiern, durch eine verschneite Berglandschaft. Dieser Teil gefällt mir am besten. Unterwegs trifft der Samurai, der geflohen ist, auf seine Feinde, die ihn töten wollen. Und der Samurai, der geflohen ist, verwandelt sie einen nach dem anderen in Hackfleisch. Ein paar von ihnen schneidet er nur den Arm oder ein Bein ab. Anderen den Kopf. Und manche schneidet er in der Mitte durch. Zum Schluss ist der ganze Schnee voller Blut, als wäre es geraspeltes Erdbeer- oder Johannisbeereis.

Am Ende des Films entdeckt der Samurai, der geflohen ist, dass der andere Samurai, der, dessen Ehre er retten wollte, bereits eine Leiche ist. Der Samurai, der geflohen ist, schnappt sich ein Messer und rammt es sich in den Bauch, um ebenfalls zu einer Leiche zu werden. Wir Japaner brauchen kein Happy End. Wir sind nicht wie die Charros, die Frauen und Liebe brauchen und am Ende alle fröhlich singen. Fröhlich und ganz schön schwul.

Um ein Samurai zu sein, musst du einen Morgenmantel über der Kleidung und einen Samuraihut tragen. Samuraihüte sehen aus wie riesige, umgedrehte Teller für Pozole. Im Morgenmantel musst du den Säbel verstecken. Ich habe noch keinen Säbel, aber ich werde Miztli darum bitten. Bestimmt will Yolcaut nicht, dass ich einen bekomme. Deshalb habe ich diesmal außer der Liste mit den Dingen, die ich haben will, noch eine Liste mit geheimen Dingen, die ich haben will, zusammengestellt. Nur Miztli und ich werden davon wissen. Miztli wird das verstehen. Yolcaut versteht überhaupt nichts, er hat nicht mal kapiert, dass ich ein Samurai bin. Er will, dass ich den Morgenmantel ausziehe, er sagt, ich kann nicht den ganzen Tag so rumlaufen, ich würde aussehen wie ein feiner Herr. Und er denkt, ich wäre stumm wegen dem, was unseren liberianischen Zwergnilpferden passiert ist. Auch Cinteotl und Itzpapalotl verstehen überhaupt nichts. Jedes Mal, wenn sie mich sehen, sagen sie, ich soll den Pyjama ausziehen.

Mazatzin ist als Einziger glücklich und gibt mir Sonderunterricht in Dingen aus dem japanischen Kaiserreich. Heute hat er mir das mit dem Zweiten Weltkrieg erklärt. Es ging um zwei Städte des japanischen Kaiserreichs, die von Atombomben zerstört wurden. Wenn man dich mit Atombomben bewirft, hilft dir auch kein Säbel. Bei dieser Geschichte ist Mazatzin die gute Laune vergangen, und am Ende hielt er wieder einen seiner Vorträge. Es ging um den Krieg, die Wirtschaft und die Imperialisten. Und alle paar Minuten sagte er:

»Diese Gringos, Usagi, diese verdammten Gringos.«

Heute hat uns Paul Smith, der schon ewig nicht mehr da war, bestimmt drei Monate, in unserem Palast besucht. Dabei habe ich festgestellt, dass ich in Wirklichkeit fünfzehn Menschen kenne und nicht vierzehn oder fünfzehn. Das liegt daran, dass ich mir nicht sicher war, ob Paul Smith noch ein Mensch oder schon eine Leiche war. Ich war mir nicht sicher wegen einem dieser rätselhaften Sätze von Yolcaut, der mir einmal, als ich ihn gefragt habe, warum Paul Smith nicht mehr kommt, geantwortet hat:

»Wenn er clever ist, kommt er wieder, wenn er ein Dummkopf ist, dann nicht.«

Paul Smith ist Yolcauts Geschäftspartner im Land Vereinigte Staaten und hat ziemlich seltsame Haare. Eigentlich sind es die Haare seines Toupets, die seltsam sind, der Rest ist normal. Aber die Haare seines Toupets sind richtig eklig. Yolcaut meint, Paul Smith würde sich die Haare transplantieren lassen, weil er langsam kahl wird. Für jedes Haar, das er sich einpflanzen lässt, muss er Tausende von Dollars zahlen. Paul Smith ist wirklich der absurdeste Mensch, den ich kenne.

Auch Mazatzin mag Paul Smith nicht besonders. Jedes Mal, wenn er ihn sieht, sagt er zu ihm:

»Hey, Gringo, mal wieder ein Land überfallen in den letzten zwanzig Minuten?«

Und Paul Smith antwortet:

»Deine verrrdammte Mutterrr, Arschloch, wir haben deine verrrdammte Mutterrr überrrfallen.«

Auch Paul Smith spricht das R sehr seltsam aus, aber nicht wie die Franzosen, denen der Hals bestimmt vom vielen Kopfabschneiden wehtut. Das R von Paul Smith hört sich an, als ob er viel von sich hält. Es ist ein arrogantes R, das im Mund nachhallt. Das ist typisch für die Gringos, die ganz schöne Angeber sind und glauben, ihnen gehört die Welt. Zumindest sagt das Mazatzin in seinen Vorträgen.

Abgesehen davon, dass er seine Geschäfte regelt, gibt es immer eine Party, wenn Paul Smith kommt. Bei diesen Partys geht Paul Smith sehr oft auf die Toilette. Am Anfang dachte ich, Paul Smith hätte eine schwache Blase, aber dann hat mir Miztli ein Geheimnis verraten, er hat gesagt, dass es wegen dem Kokain ist. Kokain benutzt man mit der Nase und heimlich, auf der Toilette oder in einem Schrank. Deshalb ist es auch so ein gutes Geschäft, weil es geheim ist.

Auch Paul Smith versteht nichts von Samurais. Er wollte wissen, ob ich krank bin, weil ich im Morgenmantel rumlaufe. Ich bin nicht krank, im Gegenteil: Seit ich ein Samurai bin, tut mir der Bauch nicht mehr weh. Na ja, er tut schon noch etwas weh, aber dann konzentriere ich mich einfach wie die Japaner, und er hört auf wehzutun. Als Yolcaut zu ihm sagte, dass ich schon seit Tagen nicht mehr reden würde, meinte Paul Smith, mal sehen, ob Stummsein ansteckend ist. Paul Smith ist ein Schwachkopf. Seit ich stumm bin, gibt es noch mehr rätselhafte Dinge als vorher. Ist Paul Smith etwa clever und deshalb wiedergekommen? Das kann nicht sein, mit seinen Haartransplantationen und seinen absurden Ideen kann Paul Smith einfach nicht clever sein. Er ist mit Sicherheit ein Schwachkopf. Leider kann ich Yolcaut nicht danach fragen. Das Rätsel wird ungelöst bleiben. Stumme verlangen keine Erklärungen und geben auch keine. Bei Stummen geht es um nichts anderes als Schweigen.

Seit wir aus Monrovia zurück sind, sind abgeschnittene Köpfe aus der Mode gekommen. Jetzt benutzt man im Fernsehen eher menschliche Überreste. Manchmal ist es eine Nase, manchmal eine Luftröhre oder ein Darm. Auch Ohren. Alles außer Köpfen und Händen. Deshalb sind es ja auch menschliche Überreste und keine Leichen. Bei Leichen weiß man, wer die Menschen, waren, bevor sie zu Leichen wurden. Im Gegensatz zu menschlichen Überresten, wo man nie weiß, wer das früher einmal war.

Um menschliche Überreste zu verstauen, nimmt man weder Körbe noch Kisten für alten Brandy, sondern Supermarkttüten, als ob man im Supermarkt menschliche Reste kaufen könnte. Im Supermarkt kriegt man höchstens Reste von Kühen, Schweinen oder Hühnern. Ich glaube, wenn man im Supermarkt abgeschnittene Köpfe verkaufen würde, würden die Leute sie für ihre Maiseintöpfe nehmen. Aber zuerst müsste man das Haar entfernen, so wie die Federn bei den Hühnern. Wir Kahlköpfigen wären etwas teurer, weil wir schon fertig für den Eintopf sind.

Bevor ich schlafen ging, hat mir Yolcaut etwas geschenkt. Es war ein amerikanischer Cowboyhut, einer von denen, die man trägt, um Kühe mit dem Lasso einzufangen. Dann sagte er, dass Cowboys keine Morgenmäntel tragen. Weil ich nicht antwortete, nicht einmal Danke sagte, schrie er mich an:

»Sag endlich was, verdammte Scheiße, und hör mit dem Schwachsinn auf!«

Ich glaube, er hatte große Lust, mich zu schlagen, aber er hat mich nicht geschlagen, denn Yolcaut hat mich noch nie geschlagen. Statt mich zu schlagen, schenkt mir Yolcaut etwas. Das sind die Geschenke, die mir Yolcaut gemacht hat, damit ich nicht länger stumm bin: die neue Playstation, also die Playstation 3, mit sechs verschiedenen Spielen; mehrere Cowboyhosen aus Leder, als ob mir Lederhosen oder Cowboys gefallen würden; ein Käfig mit drei Hamstern; ein Glaskasten mit zwei Schildkröten; Futter für die Hamster und Futter für die Schildkröten; ein Laufrad für die Hamster; mehrere Steine und eine Plastikpalme für den Schildkrötenglaskasten. Die Geschenke haben mich nicht davon abgehalten, stumm zu sein, nicht mal im Traum. Und bloß weil Yolcaut will, dass ich ein Cowboy wie Paul Smith bin, werde ich noch lange nicht aufhören, ein japanischer Samurai zu sein.

Das Rätselhafteste, was man versucht hat, um mich vom Stummsein abzubringen, ist heute Morgen passiert, als Cinteotl und Itzpapalotl zur Arbeit erschienen sind. Sie kamen nicht allein, sie brachten zwei Jungen mit: einen Neffen von Cinteotl und ein Nachbarskind von Itzpapalotl. Die zwei hatten fürchterliches Haar, wie Soldaten, die die schlimmsten Frisuren des Universums tragen. Yolcaut wollte auf keinen Fall, dass die Jungen bleiben, auch wenn Cinteotl und Itzpapalotl noch so oft wiederholten, ich bräuchte Freunde in meinem Alter, dann würde ich schon wieder den Mund aufmachen. Außerdem sagten sie, es wäre nicht normal, den ganzen Tag im Morgenmantel rumzulaufen und diese komischen Hüte zu tragen, die mir so gut gefallen. Yolcaut konnte die beiden nicht länger ertragen und sagte bloß:

»Entweder ihr haltet die Klappe oder ihr könnt gehen.«

Und dann befahl er Miztli, die beiden Jungen nach Hause zu bringen. Bevor sie gingen, schenkte mir einer von ihnen, der, der der Nachbar von Itzpapalotl war, ein Spielzeug, das er mitgebracht hatte. Pathetisch, obwohl Itzpapalotl zu ihm sagte, er wäre ein lieber Junge. Es war eine Figur aus *Krieg der Sterne*, aber keine Originalfigur, sondern eine billige Nachahmung vom Indianermarkt. Sie war nicht einmal richtig angemalt. Eigentlich hätte die Kleidung rot sein müssen und die Haut fleischfarben. Aber ein Stück der rechten Hand war rot angemalt. Und das war kein Blut. Die Figur war einfach nur gewöhnlich. Als die Jungen weg waren, habe ich sie in den Müll geworfen.

Das ist jetzt wirklich rätselhaft: Die winzigen Kugeln der klitzekleinen Pistole taugen sehr wohl, um Leichen herzustellen. Vielleicht nicht gerade menschliche Leichen, auch keine von großen Tieren, aber zumindest welche von kleinen. Ich wollte den Wellensittich nicht töten, ich wollte nur sehen, was Vögel machen, wenn es knallt. Aber nach dem ersten Schuss fingen die ganzen bunten Vögel und Wellensittiche wie verrückt an hin und her zu flattern. Sie prallten gegen die Käfigwände und griffen sich gegenseitig an, als ob es einer von ihnen wäre, der da schoss. Überall flogen bunte Federn herum. Rote, blaue, grüne, gelbe, weiße, schwarze und graue Federn. Da habe ich einfach auf die Federn gezielt und noch zweimal abgedrückt. Das Dumme war nur, dass im Käfig ein wahnsinniges Durcheinander herrschte. Als sich die bunten Vögel und Wellensittiche wieder beruhigt hatten und zu ihren Vogelhäuschen und Ästen zurückflogen, habe ich die Leiche des Wellensittichs auf dem Boden entdeckt. Es war ein hellblauer Wellensittich, obwohl es streng genommen gar kein Wellensittich mehr war, denn er war ja tot, und Tote sind keine Wellensittiche. Wegen der winzigen Kugel war sein ganzes Blut aus einem Loch im Flügel ausgetreten.

Bevor jemand kam, habe ich die winzigkleine Pistole schnell im Unkraut versteckt. Ich habe sie so weit weggeworfen, wie ich nur konnte, in einen Winkel des Gartens, wo das Unkraut so hoch steht, dass Azcatl erst gar nicht mehr versucht, es zu mähen. Itzcuauhtli kam zum Käfig und betrachtete das Chaos aus Federn und die Leiche des Wellensittichs auf dem Boden. Das war das Geheimnisvollste und Rätselhafteste, das ich in meinem ganzen Leben gesehen habe. Wie hat er es bloß angestellt, die Schüsse zu hören, wo er doch taubstumm ist? Itzcuauhtli ging in den Käfig und hob die Leiche des Wellensittichs auf. Weil er sah, dass der Vogel bereits tot war, ging er gar nicht erst los, um Medizin für die Behandlung zu holen. Zum Glück ist Itzcuauhtli taubstumm und zum Glück bin ich stumm, so dass wir einfach schwiegen und er keine Erklärungen verlangte. Doch in diesem Moment tauchten Cinteotl und Itzpapalotl auf, und als sie die Leiche sahen, sagten sie Jungfrau Maria, der arme Kleine, wie kann man bloß so einen lieben Wellensittich umbringen, der niemandem ein Haar krümmt und nichts anderes tut, als andere Wellensittiche zu küssen. Dann meinten sie noch, ich wäre schuld, dass so ein lieber Wellensittich jetzt Witwer ist und dass er dringend einen neuen Partner bräuchte, um nicht vor Kummer einzugehen. Und sie drohten damit, Yolcaut Bescheid zu sagen.

Yolcaut war das Leben des Wellensittichs völlig egal, jedenfalls hat er nicht so ein Theater gemacht wie Cinteotl und Itzpapalotl. Wellensittiche sind Schwuchteln. Außerdem bleiben uns noch genug andere Wellensittiche, sieben, um genau zu sein. Was Yolcaut nicht egal war, war die Frage, mit welcher Pistole ich den Wellensittich erschossen hatte und wo sich die Pistole jetzt befand und woher ich sie hatte. Weil ich aber stumm bin und Stumme keine Erklärungen geben, habe ich nichts gesagt und einfach nur geschwiegen. Da haben sich Yolcaut und Miztli in der Kammer mit den Pistolen und Gewehren eingeschlossen, und ich war drauf und dran, sie zu fragen, was sie die ganze Zeit in einem leeren Zimmer treiben.

Später stritten sich Yolcaut und Miztli, weil sie entdeckt hatten, dass eine Pistole verschwunden war, die klitzekleine Pistole mit den winzigen Kugeln. Yolcaut gab Miztli die Schuld, weil er die Kammer mit den Pistolen und Gewehren offen gelassen hatte. Miztli meinte, Yolcauts Paranoia wäre an allem schuld, ohne seine Paranoia wäre es nicht nötig, dass die Pistolen ständig geladen sind. In Wahrheit war Miztli schuld, weil er mir keinen Säbel gekauft hatte.

Auch Mazatzin war böse auf mich, aber nicht etwa, weil ich den Wellensittich in eine Leiche verwandelt hatte, auch nicht, weil ich die klitzekleine Pistole geklaut hatte. Er war böse, weil für die Herstellung von Samuraisäbeln eine tausendjährige Tradition und viel

Geduld nötig sind. Während man für Pistolen nur die Fabriken der Kapitalisten braucht.

»Was glaubst du, wer du bist«, fragte mich Mazatzin, »Die gottverdammte Cowboymaus?«

Aber die Cowboymaus aus dem Lied hatte zwei Pistolen. Und ich habe größere Ohren. Ich habe so große Ohren, dass sie auf Fotos immer abgeschnitten sind.

Im Fernsehen gibt es eine neue Theorie über die menschlichen Überreste: Vorher dachte man, die menschlichen Überreste würden von mehreren Leichen stammen, aber die neue Theorie geht davon aus, dass sie in Wirklichkeit nur zu einer Leiche gehören. Das liegt daran, dass man verschiedene Hinweise und eine Spur gefunden hat. Die Hinweise sind die, dass sich kein Körperteil wiederholt hat, es ist jedes Mal ein anderer. Gerade machen sie Proben im Laboratorium, um herauszufinden, ob es sich um eine einzige Leiche handelt. Die Spur ist die, dass man einen Fleischfetzen vom Rücken entdeckt hat. Und auf dem Fleischfetzen war eine Tätowierung mit einem kleinen blauen Einhorn. Na ja, eigentlich hat man im Fernsehen nichts von dem Einhorn gesehen, bloß einen Fleck. Dann ist etwas Rätselhaftes passiert. Yolcaut ließ nach Miztli rufen, obwohl es schon Abend war und Miztli an der Reihe war, den Palast zu bewachen. Und als Miztli kam, befahl ihm Yolcaut, Quecholli herzubringen. Aber Quecholli kam nicht, oder falls sie doch gekommen ist, dann war sie schnell wieder weg, denn als ich aufgewacht bin, war sie nicht mehr da.

Dann geschah es, dass Mazatzin nicht kam, um mir Unterricht zu geben, und das obwohl wir heute weder Samstag noch Sonntag haben. Es wurde neun, halb zehn, zehn, aber nichts passierte. Er kam nicht. Das hatte es noch nie gegeben. Vielleicht kommt Mazatzin nicht mehr, weil er enttäuscht ist, dass ich kein richtiger

Samurai bin. Aber dafür kann ich nichts, denn wie soll ich ohne Säbel ein richtiger Samurai sein? Yolcaut meinte, ich soll mit den Büchern lernen, als ob ich Mazatzin wäre. Aber ich habe es lieber ausgenutzt, dass Yolcaut den ganzen Tag mit Miztli unterwegs war, und Playstation 3 gespielt. Chichilkuali ist dageblieben, um den Palast zu bewachen, obwohl er eher mich bewacht hat. Er ist mir den ganzen Tag nicht von der Pelle gewichen, genau wie Quecholli bei Yolcaut. Selbst wenn ich auf die Toilette musste, hat Chichilkuali vor der Tür gewartet.

Am Abend kamen Yolcaut und Miztli zurück. Yolcaut ließ mich nicht mit ihm fernsehen. Er tat so, als ob nichts wäre, und schickte mich zu Miztli, der mich ablenken sollte. Jedenfalls weiß ich jetzt, warum Yolcaut nicht wollte, dass ich Fernsehen gucke. Miztli hat es mir gesagt, weil Miztli gut ist, wenn es um Geheimnisse geht. Ich will damit sagen, Miztli ist gut, wenn du ein Geheimnis hören willst, aber schlecht, wenn du möchtest, dass er es für sich behält. Und du brauchst nicht mal was zu sagen. Um ein Geheimnis von jemandem zu erfahren, muss man ihn normalerweise ziemlich oft fragen, und manchmal muss man ihm sogar fulminante Schläge verabreichen, bis er anfängt auszupacken. Mit Miztli ist das ganz anders. Ich habe ihn nichts gefragt, weil ich ja stumm bin, aber auch so hat er mir erzählt, dass man im Fernsehen über Yolcaut und seine Geschäfte redet. Obwohl sie ihn in Wirklichkeit nicht Yolcaut nennen, sie nennen ihn El Rey, den König. Miztli sagt, dass wir am Arsch sind. Er sagt:

»Stell dir vor, jetzt lässt er dich schon nicht mehr fernsehen. Ich sag's dir, jetzt geht die Paranoia erst richtig los.«

Ich dachte immer, Yolcaut hätte schon lange Paranoia, aber jetzt sieht es so aus, als hätte sie gerade erst begonnen. Im Wörterbuch steht, dass man, um paranoid zu sein, immer nur an eine Sache denken darf. Anders ausgedrückt, Paranoiker sind Verrückte. Das ist so, als ob ich an nichts anderes denken würde als an meine Hüte. Aber ich denke an vieles, an Hüte, an Samurais, an Säbel, an liberianische Zwergnilpferde, an Kopfsalat, an klitzekleine Pistolen mit winzigen Kugeln, an Guillotinen, an Franzosen, an Schusswunden, an Leichen, an Haartransplantationen. Nur um zu denken, denke ich sogar an die Spanier, und das, obwohl sie den Königen gar nicht gern den Kopf abschneiden. Das kommt daher, dass ich nicht paranoid bin. Wer weiß, an was Yolcaut die ganze Zeit denkt.

Ich hab's gewusst, ich hab's gewusst: Mazatzin ist gar kein Heiliger, er ist nichts als ein pathetischer Verräter. Er hat eine Reportage in einer Zeitschrift veröffentlicht, in der er von unseren Geheimnissen, Rätseln und versteckten Dingen berichtet. Die Reportage enthält Fotos von unserem Palast und trägt den Titel: »In der Räuberhöhle des Königs.« Er spricht von unseren Millionen von Pesos, von unseren Millionen von Dollars, von unseren Millionen von Euros, von den Goldringen und Diamanten, die El Rey trägt, von den Pistolen und Gewehren, von Miztli und Chichilkuali, von den Politikern, sogar von Quecholli. Und auf dem Titelblatt ist ein Foto mit unserem Tigerkäfig abgebildet.

In der Zeitschrift steht nicht, dass Mazatzin der Autor ist, aber er ist es, das wissen wir. Es kann niemand anderes gewesen sein. Seit zwei Tagen ist er nicht mehr aufgetaucht, um mir Unterricht zu geben. Außerdem hat die Reportage ein gewisser Chimalli verfasst, was Schild bedeutet. Und für Mazatzin haben Namen eine große Bedeutung, deshalb hat er mich ja auch Usagi und nicht Tochtli genannt. Und deshalb nennt er Yolcaut in der Reportage auch nicht Yolcaut, sondern El Rey, so wie er auch im Fernsehen genannt wird. Schilder sind zum Schutz da. Das heißt, Mazatzin hat den Namen gewählt, um sich zu schützen, weil er bestimmt Angst vor Yolcaut hat.

Das mit der Reportage weiß ich von Miztli, denn Yolcaut erzählt mir überhaupt nichts. Als ob er ebenfalls stumm geworden wäre, allerdings nur mir gegenüber. Mit den anderen redet er sehr wohl. In Wirklichkeit redet er mit jedem, um seine Befehle zu erteilen. Ich glaube, er ist es leid, mir Geschenke zu machen, damit ich aufhöre stumm zu sein, und weil ich nicht aufhöre stumm zu sein, scheint er sich an mir rächen zu wollen. Bei Banden geht es nicht um Rache, auch nicht um Lügen und das Verschweigen der Wahrheit. Auf diese Weise werden wir nicht mehr lange die tollste Bande im Umkreis von sieben Kilometern sein. Schlimmer noch: Wir werden überhaupt keine Bande mehr sein.

Bei der Geschichte mit der Reportage habe ich ein klein wenig aufgehört stumm zu sein, weil ich mit Miztli sprechen musste. Um zu wissen, was alles in der Zeitschrift stand, und um ihn zu fragen, was jetzt mit Mazatzin geschieht. Übrigens hat Mazatzin nichts über mich geschrieben, er hat einfach so getan, als ob ich gar nicht existiere. Miztli meint, das hat er getan, um mich zu schützen. Pathetisch. Ich bin ein Samurai, und Samurais brauchen niemanden, der sie schützt. Wenn überhaupt, dann einen anderen Samurai, besonders wenn unsere Ehre in Gefahr ist. Aber dass ihn ein pathetischer Verräter schützt, hat ein Samurai niemals nötig.

Es hat sowieso keinen Zweck, dass Mazatzin mich schützen will. Weil kein Mensch seine Reportage lesen wird. Bis jetzt dachte ich immer, dass man bloß Menschen entführen kann. Aber da habe ich mich wohl getäuscht, man kann alles Mögliche entführen, Zeitschriften zum Beispiel. Genau das hat Yolcaut getan, als er von der Reportage erfuhr. Er hat telefoniert und den Befehl gegeben, alle Zeitschriften mit Mazatzins Reportage aufzukaufen. Miztli sagt, dass Chichilkuali zu einer Fabrik gefahren ist, wo man Recycling macht: Die Zeitschriften kommen in eine Maschine, und die Maschine macht daraus Papier zum Einwickeln von Tortillas. Armer

Mazatzin, Miztli sagt, es wäre das Beste für ihn, wenn er ganz weit weg gegangen ist. Ich glaube, Mazatzin ist ins japanische Kaiserreich gegangen. Bestimmt lässt Yolcaut mindestens vier Atombomben auf ihn werfen.

Yolcaut ist wirklich ein paranoider Irrer. Erst hat er kein Wort mit mir geredet und mich nicht fernsehen lassen, und jetzt schreit er, dass ich so schnell wie möglich kommen soll, Mazatzin wäre im Fernsehen. Ich habe eine Theorie: Die Gebildeten landen im Gefängnis, weil sie in Wahrheit Idioten sind. So wie Mazatzin, der nicht nur uns verraten hat, sondern offensichtlich auch das Land Honduras. Im Land Honduras ist das Fälschen von Dokumenten ein schweres Vergehen. Was für ein schönes Wort, Vergehen. Sieht ganz so aus, als ob die Honduraner Nationalisten wären, die böse werden, wenn jemand nur so tut, als wäre er ein Honduraner. Wenn du einen honduranischen Pass willst, gibt es nur zwei Möglichkeiten: Entweder du bist Honduraner oder du landest im Gefängnis.

Am schlimmsten für Mazatzin ist, dass die Herren von der Regierung des Landes Honduras meinen, er hätte sich über das Land Honduras lustig gemacht. Das hat der Vizepräsident gesagt, dass er sich zu allem Überfluss auch noch lustig über sie gemacht hätte, indem er den lächerlichen Namen Franklin Gómez benutzt hat. Der Vizepräsident hieß übrigens Elvis Martínez. Ich glaube, nur Idioten fliehen mit dem Pass eines falschen Honduraners in das Land Honduras. Mazatzin wurde erwischt, als er durch das Zentrum von Tegucigalpa schlenderte. Tegucigalpa ist die Hauptstadt des Landes Honduras, ein Land, das nur für echte Honduraner da ist.

Ein Herr von der mexikanischen Regierung hat gesagt, dass sie nichts für Mazatzin tun können, Mexiko würde die Souveränität des Brudervolkes aus dem Land Honduras respektieren. Wir Mexikaner und die Honduraner sollen Brüder sein? Politiker treiben wirklich komplizierte Geschäfte. Yolcaut hat sich prächtig amüsiert und sich über Mazatzin totgelacht, bevor er einen seiner rätselhaften Sätze sagte. Er sagte:

»Man kann nie schlecht genug denken.« Und dann lachte er sich weiter tot wie ein paranoider Irrer, der nichts anderes im Kopf hat, als zu lachen.

Obwohl dieser Satz nicht nur nicht rätselhaft war, sondern mir auch dabei half, andere Geheimnisse zu lösen. Anders ausgedrückt, der Satz bedeutet, dass Yolcaut an allem schuld ist, was gerade passiert. Dafür sind Befehle gut: um Rätsel zu lösen. Doch dann geschah wirklich etwas Rätselhaftes: Das Fernsehen brachte eine Reportage über Mazatzins Leben, und es hieß, er sei gefährlich. Alles nur, weil er weit weg gegangen war, mitten ins Nichts, in ein Gebirge voller rebellischer Indios, die die Herren von der Regierung erschießen wollten. Auch deshalb war Mazatzin ins Land Honduras gegangen: um die Indios des Landes Honduras zu organisieren, damit sie die Herren von der Regierung des Landes Honduras töten. Die Regierung des Landes Honduras hat bereits eine superlange Liste von Vergehen, um Mazatzin für viele Jahre hinter Gitter zu bringen. Yolcaut sagt, mindestens fünfundzwanzig. Und lacht sich weiter tot. Nach der Reportage haben sie den Mann angerufen, der einmal Mazatzins Geschäftspartner bei den Werbeclips gewesen war, und der behauptete, ihn seit zwei Jahren nicht mehr gesehen zu haben, seit damals, als Mazatzin mit den Guerilleros in die Berge gegangen ist. Das war das Rätselhafte: dass Mazatzin ja gar nicht bei den Guerilleros war. Er war bei uns und hat mir die Sachen aus den Büchern beigebracht.

Wenn ich Mazatzin wäre, wäre ich ins japanische Kaiserreich geflohen. Von dort hätte er mir einen Säbel geschickt, damit ich ein richtiger Samurai sein kann. Stattdessen ist er ins Land Honduras gegangen, und seinetwegen tut mir jetzt ein Haufen Finger weh, kein Wunder bei dem vielen Playstation-3-Spielen.

Heute habe ich meine sechzehnte Person kennengelernt, sie heißt Alotl. Laut Cinteotl hat Alotl einen so breiten Hintern: zwei Meter. Alotl gehört nicht zu den Herbivoren wie Quecholli, denn sie isst nicht nur Kopfsalat, sie isst auch Buchstabensuppe und Enchiladas und Fleisch. Und sie ist nicht stumm, ganz im Gegenteil, sie sagt alles Mögliche. Zu mir sagt sie:

»Junger Herr, finden Sie nicht, dass es ein bisschen spät ist, so herumzulaufen? Das ist nicht die Zeit für einen Morgenmantel.«

Und zu Cinteotl und Itzpapalotl sagt sie:

»Was für ein großes Haus, wie schön und was für ein guter Geschmack, was für hübsche Vasen.«

Weil sie nicht weiß, dass das in Wirklichkeit gar kein Haus ist, sondern ein Palast. Wenn sie wüsste, dass es ein Palast ist, würde sie kapieren, dass es in Wirklichkeit gar kein so toller Palast ist, weil er nicht tadellos sauber ist. Das mit den Vasen sagt sie wegen den chinesischen Vasen im Saal mit den Sesseln. Auf den Vasen sind Drachen, die Feuer speien, und sie sind wirklich schön. Und später, auf der Veranda, hat sie gesagt:

»Oh, ein Tiger in einem Käfig, wie groß und schön der ist, was für ein ausgezeichneter Geschmack, einen Tiger im Garten zu haben.«

Da hat der Tiger gebrüllt. Ich glaube, der Tiger hatte große Lust, sie aufzufressen. Aber das hat sie gar nicht gemerkt, sie hat bloß ei, ei, ei, was für ein wildes Kätzchen gesagt und mich gefragt, ob der Tiger einen Namen hat.

Bei dem ganzen Geschnatter von Alotl habe ich mich geschämt, weiterhin stumm zu sein, denn sie wollte gar nicht mehr aufhören, mich über den Morgenmantel auszufragen, den Samuraihut, die

Namen der Tiere und wie ich es bloß anstelle, so hübsch zu sein. Und ständig hat sie mir über das Haar gestreichelt, gelacht und ei, ei, ei, was für ein süßer kleiner Stummer zu mir gesagt. Ich musste ihr alles über Samurais erzählen, warum ich ein Samurai bin und warum mir der Säbel fehlt, um ein richtiger Samurai zu sein. Und ich musste ihr meine Hutsammlung zeigen. Sie ist eine Nationalistin, weil sie die Sombreros am liebsten mochte, da konnte ich ihr meine Dreispitze und echten Safarihüte noch so oft zeigen.

Als wir uns zum Essen auf die Veranda setzten, war es nicht mehr so rätselhaft wie vorher, denn Alotl hat pausenlos von ihrem Dorf erzählt und Witze gerissen. Ihr Dorf liegt im Norden, in Sinaloa. Ich glaube, Yolcaut gefiel Alotl, denn er stellte ihr sogar ein paar Fragen und lachte über ihre Witze. Die Witze handelten davon, wie hübsch Yolcaut und ich waren und wie sehr wir uns ähnelten, beide gleich hübsch. Mit den Buchstaben aus der Buchstabensuppe hat Alotl die Namen von allen gebildet, die am Tisch saßen, aber unsere hat sie so geschrieben: »toshtli« und »llolcau«.

Das Gute war, dass uns Alotl nicht den ganzen Tag mit ihrem Geplapper genervt hat, weil sie immer wieder mit Yolcaut verschwunden ist, viermal, um genau zu sein. Auch Miztli war überrascht, dass sie so oft verschwanden, aber auch zufrieden, denn er war es gewesen, der Alotl in den Palast geholt hatte. Als ich von ihm wissen wollte, warum sie so oft verschwanden, lachte er und verriet mir ein Geheimnis, eine superrätselhafte Sache:

»Neunzig sechzig üppig, Tochtli, neunzig sechzig üppig.«

Jetzt kommt Alotl täglich und nicht bloß zwei-, dreimal die Woche. Einmal hat sie mir einen Strohhut mit einem Band mitgebracht, auf das eine Palme gemalt war und auf dem stand: *Grüße aus Acapulco*. Ein anderes Mal ist sie mit einem so kurzen Rock aufgetaucht, dass Cinteotl ihr kein Essen auftragen wollte. In Wahrheit ist der Hut aus Acapulco der schlimmste Hut in meiner Sammlung, wenn es nach mir ginge, würde er auf der Stelle im Müll landen. Das Dumme ist nur, dass mir Yolcaut leid tut, weil er so glücklich über das Geschenk war. Aber der Rock war wirklich verdammt kurz, so kurz, dass es mir zweimal gelungen ist, ihren Schlüpfer zu sehen, der gelb war.

Der schönste Tag war der, als Alotl einen Samuraifilm mitbrachte, den ich noch nicht kannte. Sie wollte mir zeigen, dass ein richtiger Samurai nicht im Morgenmantel rumläuft. Wir haben sogar eine Wette abgeschlossen: Wenn ich gewinne, würde sie mir einen Samuraianzug schenken, und falls sie gewinnt, würde ich aufhören, den Morgenmantel zu tragen. Aber dann war es so, dass einige Samurais im Morgenmantel rumliefen und andere nicht, weil sie Hosen und eine Art Rüstung über der Brust trugen. Yolcaut sagte, dass die Samurais keine karierten Morgenmäntel wie ich tragen. Ihre waren schwarz. Also haben wir den Film angehalten und so lange nicht weitergeschaut, bis ich den Morgenmantel ausgezogen hatte.

Jedenfalls haben wir uns prächtig amüsiert, vor allem bei dem Teil mit den Kämpfen. Aber auch, wenn sie geredet haben, denn die Samurais haben kein Japanisch gesprochen, sondern ein ziemlich lustiges Spanisch. Yolcaut meinte, sie würden wie Spanier sprechen, und wiederholte ständig, wie ein Samurai einen der Bösen genannt hatte: Fläz. Ein Wort, das nicht im Wörterbuch steht.

Zum Schluss schneidet ein Samurai einem anderen Samurai, der sein bester Freund war, den Kopf ab. Nicht, dass er ein Verräter gewesen wäre, im Gegenteil. Er hat es getan, weil sie Freunde waren und er seine Ehre retten wollte. Deshalb weiß ich nicht, was in Yolcaut gefahren ist, dass er mich plötzlich, kaum war der Film zu Ende, in die Kammer mit den Pistolen und Gewehren zerrte. Er sagte, zwischen uns gäbe es keine Geheimnisse, ließ mich alle

Waffen anschauen und erklärte mir sogar, wie sie heißen, in welchen Ländern sie hergestellt worden waren und welches Kaliber sie haben.

An Pistolen haben wir Berettas aus dem Land Italien, Brownings aus dem Vereinigten Königreich und sehr viele aus dem Land Vereinigte Staaten: vor allem Colts und Smith & Wessons. Und natürlich kann man auch einen Schalldämpfer auf die Pistolen schrauben, um sie stumm zu machen. Die Gewehre sind fast alle gleich. Wir haben welche aus dem Land Russland, die AK-47 heißen, und andere, die M-16 heißen und aus dem Land Vereinigte Staaten kommen. Obwohl wir zum größten Teil Uzis aus dem Land Israel besitzen. Yolcaut hat mir auch den Namen von dem Gewehr mit den Riesenkugeln verraten, das in Wirklichkeit gar kein Gewehr ist, es ist eine Waffe, die Bazooka heißt.

Bevor ich schlafen ging, hat mich Yolcaut gefragt, ob ich mir den Samuraifilm aufmerksam angeschaut und ob ich den Schluss verstanden hätte. Ja, habe ich geantwortet. Da hat er das Rätselhafteste und Geheimnisvollste gesagt, das er je zu mir gesagt hat. Er sagte:

»Eines Tages wirst du dasselbe für mich tun.«

Als ich heute Morgen aufgewacht bin, stand eine große Holzkiste neben meinem Bett. Sie war voller Aufkleber und Schilder, auf denen stand: FRAGILE und HANDLE WITH CARE. Ich bin gleich zu Yolcaut gerannt, um zu fragen, was das ist und ob er mir hilft, die Kiste aufzumachen, denn sie war vernagelt.

Wir haben die Kiste geöffnet, und sie war voller Plastikkügelchen, Tausenden, um genau zu sein. Ich habe sie alle rausgeholt, bis ich die ausgestopften Köpfe von Ludwig XVI. und Marie Antoinette von Österreich entdeckte, unseren liberianischen Zwergnilpferden. Die Präparatoren haben wirklich tadellose Arbeit geleistet.

Die abgeschnittenen Köpfe haben die Schnauzen geöffnet, um ihre Zunge und die vier Eckzähne zu zeigen. Außerdem glänzen sie, weil die Präparatoren sie mit durchsichtigem Lack bestrichen haben. Anstelle der Augen haben sie weiße Murmeln mit kaffeefarbenen Pupillen. Und ihre winzigen Ohren sind unversehrt. Die Hälse sind auf Brettern befestigt, auf denen kleine goldene Plaketten mit den Namen angebracht sind. Unter dem Kopf von Ludwig XVI., der ein sehr großer Kopf ist, steht: LUDWIG XVI. Und darunter: *Choeropsis liberiensis.* Unter dem Kopf von Marie Antoinette von Österreich, der ein sehr kleiner Kopf ist, steht: MARIE ANTOINETTE. Und ebenfalls: *Choeropsis liberiensis.*

Yolcaut und ich haben die Köpfe an einer Wand in meinem Zimmer aufgehängt: rechts Ludwig XVI. und links Marie Antoinette von Österreich. Eigentlich war es nur Yolcaut, der die Nägel in die Wand geschlagen und die Köpfe aufgehängt hat. Ich habe bloß gerufen, ob sie schief oder ob sie gerade hängen. Dann bin ich auf einen Sessel gestiegen und habe ihnen Hüte anprobiert. Am besten stehen ihnen die afrikanischen Safarihüte. Also habe ich sie auf ihren Köpfen gelassen, aber nicht für immer. Denn bald werden die Kronen aus Gold und Diamanten eintreffen, die wir für sie in Auftrag gegeben haben.

Am Tag der Krönung werden mein Papa und ich eine große Fiesta feiern.

Juan Pablo Villalobos, geboren 1973 in Guadalajara, Mexiko, studierte Marktforschung und Literatur und lebt heute in Barcelona, wo er schreibt und eine Firma für elektronische Produkte leitet.

Carsten Regling lebt als freier Übersetzer und Lektor in Berlin. Unter anderem übersetzte er Romane und Erzählungen von Ricardo Piglia, Roberto Ampuero, Pedro Orgambide und Domingo Villar ins Deutsche.

Die Originalausgabe erschien 2010 unter dem Titel *Fiesta en la madriguera* bei Anagrama, Barcelona.

Konzeption & Gestaltung: Groothuis, Lohfert, Consorten|glcons.de
Satz & Herstellung: Büro für Gedrucktes, Beate Mössner
Gesetzt aus der Bodoni Old Face und der Aachen
Fotos: Einbandvorderseite, Einbandrückseite und Frontispiz von ullstein bild
Reproduktion: Frische Grafik, Hamburg
Druck und Bindung: CPI – Clausen & Bosse, Leck
Printed in Germany
ISBN 978-3-937834-45-0